あずかりやさん

마음을 맡기는
보관가게

2

Azukariyasan Kirishima kun no Seishun
Copyright © Junko Oyama 2016, 2018
All rights reserved.
First published in Japan in 2016 by Poplar Publishing Co., Ltd.
Revised edition published in Japan in 2018 by Poplar Publishing Co.,
Ltd.
Korean translation rights arranged with Poplar Publishing Co., Ltd.
through JM Contents Agency

あずかりやさん

마음을 맡기는
보관가게

2

오야마 준코 지음
이소담 옮김

차례

일러두기

1. 본문 속 각주는 모두 옮긴이 주입니다.
2. 본문 속 볼드체는 원서에서 방점이 찍힌 부분입니다.
3. 본문에서 언급된 도서는 《 》, 지도는 〈 〉, 곡명은 「 」로 표기했습니다.
4. 원서에서 간사이 방언으로 등장하는 부분은 우리말의 경상도 사투리로 옮겼습니다.

프롤로그

선생님, 잘 지내시죠?

이렇게 편지를 드리는 것은 처음입니다. 저는 중학생 시절에 선생님께 국어를 배웠습니다.

선생님께서 담임을 맡으신 반은 아니었고, 저는 그다지 우수한 학생이 아니었으니 제가 누구인지 기억하지 못하실 겁니다.

솔직히 국어는 좋아하지 않는 과목이었어요. 그래도 선생님의 수업은 기억합니다. 특히 중학교 1학년 때 첫 수업이 인상 깊었어요. 선생님께서 조금 독특한 가게 이야기를 들려주셨거든요. 그 가게는 하루에 100엔으로 어떤 물건이든지 맡아준다고 하셨죠.

"자, 너희라면 어떤 물건을 맡기고 싶니?"

우리에게 그렇게 물으셨죠. 숙제로도 내셨고요. 다음 수업 때 한 명씩 발표했어요. 맡기고 싶은 물건과 그 이유를요. 한 사람당 발표 시간은 1분이었습니다. 원고지 한 장도 필요 없었죠. 글을 쓰기 싫어하는 저에게는 적당한 분량이었어요.

다들 엉뚱한 숙제에 어리둥절해하면서도 생각하는 것이 재미있었는지 점심시간에 왁자지껄 떠들었습니다. 학기가 새로 시작했으니 발표가 곧 반 친구들에게 하는 자기소개도 됐고요. 그래서 깜짝 놀랄 만한 대답을 해 친구들을 웃기려는 아이도 있었습니다. 진짜 웃긴 소리를 한 녀석이 있어서 저도, 다른 친구들도 한바탕 웃었는데 지금은 무엇을 맡기겠다고 했는지 생각이 나지 않습니다. 참고로 그 녀석은 학급 반장이 되었어요.

다들 맡기고 싶은 물건이 다양했어요. 좋아하는 게임을 시험 기간 중에만 맡기겠다는 녀석도 있었습니다.

저는 '초등학생 때 쓰던 책가방'이라고 발표했습니다. 이유는 "이제 사용하지 않으니까. 부모님은 버리겠다고 하시는데 나한테는 소중한 추억이라서 버리지 못하겠어요"라고 말했습니다. 무난한 이야기여서 아무도 기억하지 못하겠지만 저는 지금도 생생하게 기억합니다. 죄책감이 들었거든요.

그건 거짓말이었어요. 저는 책가방이 없었어요. 등에 메 본 적도 없어요. 선생님이니까 아셨을 것 같은데 저는 외국에 서 태어나고 자랐습니다.

열 살 때 양자로 입양되어 일본에 왔어요. 2년 동안은 부 모님께 일본어를 배웠습니다. 저는 이해가 빨라서 쓰는 것은 서툴러도 말은 꽤 잘해 중학교부터는 공립학교에 다녔습니 다. 반 친구들에게 이런 사정을 알리기 싫었고, 그냥 평범한 학생이고 싶은 마음에 거짓말을 했습니다.

게다가 맡기고 싶은 물건도 없었어요. 그 당시 제가 가진 물건은 전부 부모님께 받은 새것이어서 교복도 신발도 가방 도 문구류도 다 소중해 가까이에 두고 싶었습니다.

맡기고 싶은 물건이 없는 저 자신이 부끄러웠습니다. 그 리고 거짓말을 한 것도 부끄러웠습니다. 부끄러움이 길게 꼬 리를 남겨 기억에 새겨졌어요. 그때부터 매년 봄이 되면 보관 가게를 생각했습니다.

굳이 지금, 그때 거짓말을 했다는 편지를 쓰는 이유는요, 다음 주에 제가 달에 가기 때문입니다. 이건 거짓말이 아니에 요. 수많은 시험을 통과하고 2년 전에 우주비행사로 선발되 었어요. 훈련을 받으면서 우주로 나갈 차례를 기다렸는데 운 좋게도 일찍 갈 수 있게 되었어요. 우주에서 바라보는 지구가 기대됩니다. 파랗다고 하던데 정말 그럴까요? 아마도 지구는 그저 하나의 구체일 뿐이고 국경도 보이지 않을 테니 태어난 곳이 다르다고 해서 문제가 되진 않는다고 증명해줄 거예요.

달에 가는 날이 정해진 후로 '지금이라면 보관가게에 어떤 물건을 맡기고 싶을까?'라는 생각에 잠기곤 했어요. 물론 지금은 중학생 때보다 더 많은 물건을 소유하고 있어요. 추억도 그럭저럭 생겼고요. 그것들 중에서 무엇을 맡기면 좋을지 생각해보았습니다. 그렇지만 역시 맡기고 싶은 것은 없었어요.

그러다가 문득 깨달았습니다. '맡기고 싶은 것이 없다고 해서 부끄러워할 필요는 없지 않을까? 어쩌면 나는 아주 행복하고 풍족한 사람이지 않을까?'

이렇게 생각할 수 있게 되어서 기뻤고, 선생님께 말씀드리고 싶어 펜을 잡았습니다.

중학교 1학년 때부터 제 안에는 언제나 보관가게가 존재했습니다. '곤란하다 싶으면 거기에 가야지'라고 근거도 없이 생각하곤 했어요. 고향이 없는 저에게 고향 대신이 되어준 존재였을지도 몰라요. 타인의 물건을 받아들여 보관해주는 곳이 존재한다는 사실이 제 마음에 여유를 가져다준 것 같습니다. 생각해보면 저를 키워주신 부모님도 어떤 의미에서는 보관가게와 비슷하니까요.

언젠가 그 보관가게의 주인과 대화를 해보고 싶어요. 이것이 지금 제 진심입니다.

선생님께 진실을 말씀드려서 속이 시원해졌습니다.

그럼, 다녀오겠습니다.

아
쿠
류
의
분

소생은 책상이로다. 이름은 아직 없다.

고향은 잘 모른다. 기소木曾라는 곳의 실력이 뛰어난 장인이 나를 만들었다고 듣긴 했다.

"이 좌식 책상은 원목으로 만들어졌습니다. 그것도 편백 원목이어서 세월이 흐를수록 고상함이 살아납니다."

가구점 주인은 소생을 절찬했다.

하지만 손님에게 팔아치우려고 하는 입발림일 테니 정말인지 아닌지는 모른다. 제법 비싼 가격이었고 눈에 잘 띄는 공간에 진열되었으니 어쨌든 진짜이긴 했을 것이다.

출신이 그토록 훌륭한데도 소생은 팔리지 않았다. 손님이 건드리지도 않고 지나가는 것이 일상다반사였다. 그러다 보니 소생의 진열 장소는 차츰차츰 가게 안쪽으로, 또 안쪽으로 이동해 나중에는 진열이라고 부르기도 민망한 처지에 놓이고 말았다.

가게 저 구석에 놓인 소생 위에 다른 좌식 책상이 올라가고 그 위에 또 다른 좌식 책상이 올라간 꼴이어서 손님에겐 보이지도 않았다. 소생이 얼마나 튼튼한지는 증명한 셈이나 이래서야 그저 진열대가 아닌가. 이른바 좌식 책상으로 만든 피라미드 밑변에 놓였으니 이 피라미드의 정점이 천장에 도달하면 아마도 소생은 창고에 보내지리라 각오했다.

소생 같은 단일 상품은 창고에 놓이면 끝이다. 무덤에 있는 것이나 마찬가지다. 언젠가 사랑스러운 전기스탠드와 만날 수도 있다고? 대화를 즐기며 여생을 보낸다고? 무리다. 꿈같은 소리다. 애초에 그녀들은 반짝반짝 빛을 내지 않을 때는 기다렸다는 듯이 부정적으로 변하니 만나봤자 고작해야 푸념이나 듣겠지.

그나저나 좌식 책상은 왜 이렇게 인기가 없을까.

사람은 다리가 길쭉한 책상을 좋아하나 보다. 소생이 보기에 그런 것은 가구로서 완결되지 않았다. 의자가 없으면 성립하지 않으니까. 자립심도 없는 다리 긴 책상이 어디가 좋은지 소생은 도무지 모르겠다.

하지만 현실적으로 좌식 책상은 팔리지 않는다. 가끔 팔리더라도 서랍이 있는 것이 인기다. 오른쪽에 세 단짜리 서랍이 달린 책상(소생 위에 있다)이 최고로 인기고, 좌우에 각각 세 단, 가운데에 한 단이 있는 호화로운 것(소생 앞에 있다)도 아주 가끔씩은 팔린다.

소생은 디근 자를 눕혀서 옆으로 길게 늘인 형태라 바람이 숭숭 통해 허전하고 생김새가 별로다. 게다가 서랍이 없다. 그게 치명적인 약점이다. 사람은 억척스러운 동물이라 물건을 최대한 많이 소유하고 싶어 하는데, 보이는 곳에 물건을 두는 것은 싫어하는 습성이 있다.

소유하고 싶지만 눈에 보이는 것은 싫다니, 대체 뭐 하자는 거지? 특히 그 돈이라는 녀석 말이다. 사랑하다 못해 다툼의 근원이 되는 소중하고 소중한 그 돈까지도 사람은 은행인지 뭔지에 맡기지 옆에 두지 않으려고 한다. 그렇게 좋아하면 끌어안고 자면 될 텐데.

소생은 사람이 아니어서 이런 복잡한 습성은 잘 모르지만, 어찌 됐건 서랍이 없다 보니 이미 말했듯 멋이 없다. 본인조차 자신감이 없는데 타인이 호감을 품을 리 없으니 소생은 당연히 팔리지 않았다. 가구점 주인은 소생의 가격을 몇 번이나 낮췄다. 그래도 거들떠보는 사람은 없었다.

그러던 어느 날, 가게에 비쩍 마른 남자가 불쑥 나타났다. 생김새가 빗자루와 비슷했다. 요즘 세상에 옛날 사람처럼 기모노를 입고 머리가 부스스해서는 가게에 들어서자마자 이렇게 말했다.

"분즈쿠에를 주시오."*

젊은 여자 점원이 웃음을 터뜨렸다. 가구점 주인은 얼른 앞으로 나와 웃느라 정신없는 점원을 가리고 서서 "마침 적당한 것이 있습니다" 하고 대답했다.

"음, 그걸로 하겠소."

번갯불에 콩 구워 먹듯이 이야기가 끝났다. 이 사람, 무슨 일이든 이렇게 시원시원 결정하는 성격인가 보다.

소생을 끄집어내기 위해 점원 둘이 붙어 소생 위에 올라간 좌식 책상 두어 개를 움직여야 했다. 피라미드의 붕괴다. 지금껏 밑변 인생을 받아들이고 살던 소생은 이게 무슨 일인가 싶었다.

그다음은 일사천리였다. 구시대 남자는 "배송은 됐소. 이렇게 가지고 갈 테니" 하고 가느다란 팔로 나를 들어 옆구리에 끼웠다. 서랍이 없어서 오히려 빛을 본 셈이었다. 가구점

---

* 좌식 책상을 일본어로 '후즈쿠에文机'라고 하는데, 이 '후文'를 '분'이라고 읽기도 한다. 남자는 '후'즈쿠에를 '분'즈쿠에라고 잘못 알고 있다.

주인은 정말 기뻤나 보다. 구시대 남자에게 "별로 대단한 건 아니지만 가져가세요" 하고 수건까지 주었다. 가구점 이름이 수놓인 촌스러운 수건이었는데 구시대 남자는 "오? 정말이 오? 이거 고맙군" 하고 우스울 정도로 기뻐했다.

팔리지 않는 소생과 진기한 손님. 귀찮음을 쌍으로 처리한 가구점 주인의 흐뭇한 미소가 지금도 잊히지 않는다. 어떤 이유에서든 사람이 기뻐하는 모습을 보니 소생도 기분이 좋아서 답답했던 가슴이 뻥 뚫렸다.

구시대 남자는 선로 바로 옆 낡은 공동주택에 혼자 살았다.

완벽하리만치 가진 것이 없는 남자였다. 1인용 침구와 1인용 베개가 있었다. 이런 걸 일부러 언급해야 할 정도로 가진 것이 없었다. 다다미 넉 장 반 크기의 방에 소생을 오도카니 놓고, 그 위에 원고지를 펼치고 만년필로 글을 썼다.

첫 장 서두를 '소생은'으로 시작해 두 장이 끝날 무렵 머리를 싸쥐고, 보통 세 장을 끝까지 쓰지도 못하고 "다음!"이라고 외치며 다시 새로운 장에 '소생은'을 시작했다.

소생이 소생을 소생이라고 칭하는 것은 이 녀석이 소생 위에서 하도 소생, 소생이라고 썼기 때문이다. 이 단어가 무슨 주술처럼 달라붙었다.

가끔 친구가 찾아왔다. 모두 밤늦은 시간에 왔다. 대학 시절 친구로 다들 일하는 사람인 것 같았다. 야근이나 회식을 하다가 막차가 끊겼을 시간에 좀 재워달라면서 찾아왔다. 그런 친구가 대여섯 명쯤 있었고 모두 구시대 남자를 '아쿠류'라고 불렀다. 그리고 숙박료라면서 1,000엔에서 2,000엔쯤을 꼭 두고 갔다.

왜 아쿠류인가 하면, 이 녀석이 문호 아쿠타가와 류노스케*를 동경해 소설을 쓰기 때문이다. 물론 프로는 아니었고 단 한 작품도 완성하지 못한 모양이다.

아쿠류는 때때로 소생에게 이마를 비비며 "분ぶん, 부탁이야"라고 속삭이곤 했다. 만년필을 꽉 움켜쥐고 "히쓰ひつ**, 어떻게 좀 안 될까?"라고 신음하기도 했다. 책상이나 만년필에 기도하면 작품이 탄생한다고 믿는 듯했다.

아쿠류는 독신 생활이 적적한지 사물에 이름을 붙였다. 소생은 분즈쿠이니까 분이라고 부른다. 만년필은 히쓰, 침구는 센베이せんべい라고 한다. 이불은 위 센베이, 요는 아래 센베이라고 부르고 베개는 유메ゆめ***라고 불렀으니 조금은 유머

*   1892년 도쿄에서 태어나 다이쇼 시대에 활약한, 일본 근대문학을 대표하는 소설가.
**   필기도구를 의미하는 '筆'를 일본어로 '히쓰'라고 발음한다.
***   꿈이라는 뜻.

감각이 있었다.

아쿠류는 사물에 이름을 붙여 의인화하는 것이 부끄럽지도 않은지 자러 온 친구에게 "유메는 못 빌려주지만 위 센베이는 써도 돼" 같은 소리를 아무렇지 않게 했다. 글이 진행되지 않으면 "분이 영 기분이 안 내킨다고 해서 이번 소재는 다음으로 미루기로 했어"라며 내 탓으로 돌리기도 했다.

친구들이 그를 염려하고 온갖 이유를 갖다 붙여 어떻게 사는지 보러 와서는 돈까지 두고 가는 것으로 보아 아쿠류는 비슷한 나이 또래가 보기에 어딘지 귀염성이 있는 사람인가보다.

그들은 대학에서 국문학인지 뭔지를 배웠다고 한다. 그들이 학창 시절에 버리고 온 것을 지금도 소중하게 간직하는 순수한 영혼(과한 칭찬인가)을 귀중하게 여기는지도 모르겠다. 어쨌든 지금은 세상살이가 팍팍해서 '분위기를 읽어라'나 '준비를 소홀히 하지 마라'라는 말이 유행이고, '이동도 출세도 모름지기 단기간에'를 미덕으로 삼는 어수선한 풍조이니 말이다.

이렇게 뭐든지 다 안다는 듯이 말하곤 있지만 소생의 시대관은 어설프다. 대부분 자러 온 친구들이 늘어놓는 불평에서 주워들은 지식으로 이루어졌으니까. 친구들은 아쿠류를 좋아했지만 그가 지금 이대로 괜찮다고 생각하는 사람은 없었다.

"아쿠류, 너는 왜 소설을 쓰지 않아?"

한 친구가 물었다.

"너는 소설가를 꿈꾸는 게 아니라 아쿠타가와 류노스케가 되고 싶은 거야."

이렇게 말한 친구도 있었다.

"아쿠타가와 류노스케를 꿈꾸면 안 돼. 아쿠타가와 류노스케를 좋아하는 독자는 아쿠타가와 류노스케의 작품을 읽을 테니까. 아쿠류는 아쿠류만의 작품을 써야 해."

이렇게 설교하는 친구도 있었다.

소생은 참 신기했다. 아쿠류는 누가 봐도 특이한 사람이었는데 그의 친구들은 대부분 평범했다. 어쩌면 아쿠류는 제대로 된 인간을 끌어들이는 재능을 타고났는지도 모른다. 그 재능을 효과적으로 활용할 수는 없을까.

아쿠류는 타고난 바보여서 친구의 조언을 얌전히 받아들이지 않았다. "소설가 따위 흥이다" 하고 말대꾸를 했다.

"소설가라는 놈들은 죄다 시시껄렁하잖아. 텔레비전에 나와 수다를 떨거나 정치나 하고 말이야. 나는 소설가가 되고 싶은 게 아니야. 아쿠타가와 류노스케가 되고 싶은 거야. 그는 쓰고 쓰고 쓰고 또 썼다고. 예능 프로그램 사회자 같은 건 한 번도 안 했단 말이야."

아쿠류의 억지 논리에 친구는 기가 차서 받아쳤다.

"그 사람은 텔레비전이 없던 시절에 살았잖아! 죽기 전에 돈이 없어서 곤란했다고 들었어. 지금 세상이었으면 가요 프로그램의 사회자를 맡았을 수도 있지."

"그래. 아쿠타가와는 죽어서 이제 없어."

아쿠류는 히죽 웃었다.

"지금이 기회야. 내가 그의 신작을 쓸 거야."

이것이 아쿠류의 논리였다.

'후즈쿠에'가 옳은 발음인 좌식 책상을 '분즈쿠에'라고 부르는 형편없는 국어 실력으로는 당연히 말도 안 되는 꿈이다. 원고지를 세 장도 채우지 못하고 세월만 마냥 흘러갔다.

그러던 어느 날, 평소와 다른 손님이 왔다.

윤기 흐르는 까만 머리를 목덜미 부근에서 묶고 포도색 옷을 입은 부인이었다. 그녀는 아쿠류를 '마나부'라고 불렀다.

"얼마나 찾았는지 모른다. 이렇게 지저분한 곳에서 너는 도대체."

그때 아쿠류의 얼굴은 그야말로 어린 소년 같았다. 장난을 들켜 어쩔 줄 모르는 한심한 표정이었다.

"엄마, 여길 어떻게 알았어요?"

그녀는 아쿠류의 모친이었다. 엄마라고 듣고 보니 눈매가 비슷해 보였다. 그녀는 소생 위에 놓인 원고지를 흘끗 보았다.

"이번엔 또 무슨 흉내니? 피카소를 그만두고 소설가 흉내야? 그 덥수룩한 머리를 보니 나쓰메 소세키 같지는 않구나. 다자이 오사무니?"

마음의 심지가 우두둑 끊어지는 소리가 들렸다. 아쿠류의 것이 아니라 소생의 것이다.

좌식 책상을 위에 세 개나 싣고도 다리가 부러지지 않았는데 마음의 심지는 생각보다 연약했다. 그때까지도 내 안에서 아쿠류의 인간상은 시시각각 변했다. 이런가 싶으면 저런가 싶어서 오리무중이었다. 그래도 주인이니까 믿고 싶은 마음이 있었다. 재능은 없지만 의지만큼은 확고하다고 믿었다.

그런데 피카소라고? 배신당한 기분이었다. 어이, 아쿠류. 너는 대체 뭐 하는 놈이야?

아쿠류의 엄마는 소생의 하트 브레이크는 상상도 못 하고 거침없이 말했다.

"삼수까지 해서 간신히 들어간 대학을 세 번이나 유급하고, 간신히 졸업하나 싶더니 이번에는 행방불명이나 되고. 네 아버지는 마나부는 3을 좋아하니까 3년은 지나야 올 거라고 농담이나 하지만, 서른이 넘어서까지 가만히 지켜보진 못하겠구나. 자, 돌아가자."

"아니요, 지금은 못 가요. 갈 때 가더라도 마음의 준비가 필요하다고요, 엄마."

"종알종알 변명하지 말고 몸뚱이 하나만 돌아오면 돼. 어차피 이 방엔 아무것도 없잖니? 집주인한테는 엄마가 말해둘게. 돈을 주고 처분해달라고 할 거야. 그래도 이 후즈쿠에는 괜찮구나. 가져가자."

"후즈쿠에라고요?"

"재질이 좋아. 엄마한테 주지 않을래?"

아쿠류는 소생의 제대로 된 명칭에 놀랐지만 정신을 차리고 물었다.

"엄마가 이걸 어디에 쓸 건데요?"

"가계부를 쓸 때 쓰려고."

아쿠류는 팔짱을 끼고 잠깐 생각에 잠겼다가 "부탁이 하나 있어요"라고 말했다.

"하나라고?"

엄마의 눈초리가 바싹 치켜 올라갔다.

"마나부, 30년간 네 부탁을 몇 번이나 들어줬는지 알기나

하니? 엄마의 단 한 가지 부탁은 들어주지도 않았으면서!"

다다미 넉 장 반의 공간이 고요해졌다. '섕'이라는 소리가 들린 것만 같았다. 이어서 덜컹덜컹 진동이 느껴졌다. 창문 바로 너머로 전철이 지나갔다. 아마 막차일 것이다.

"미안해요, 엄마."

아쿠류가 고개를 푹 숙였다.

그녀의 단 한 가지 부탁은 무엇일까?

아쿠류의 엄마는 휴대전화를 꺼내 택시를 불렀다.

"10분이면 온다는구나. 준비하렴."

"돌아가긴 할 건데 오늘은 안 돼요."

아쿠류가 진지하게 말했다.

"사실 오늘 밤에 야마다가 오거든요."

"어머, 법무성에 들어간 야마다 말이니?"

엄마의 표정이 환하게 밝아졌다.

"네, 그 녀석이 온댔으니까 오늘 밤은 재워줘야 해요. 엄마가 친구와 한 약속은 꼭 지키라고 했잖아요. 내일 돌아갈 게요."

엄마는 잠시 생각하다가 "그래. 야마다한테 직장 생활이 어떤지 물어보고 사회에 대해서도 배우면 좋겠네. 그 애는 출세 가도를 달릴 공무원이니까"라고 말하고, 지갑에서 2만 엔을 꺼내 "맛있는 거라도 좀 사 주렴"이라는 말을 남기고 돌아갔다.

아쿠류는 아주 잠깐 두 장의 후쿠자와 유키치*를 바라보다가 소중하게 주머니에 넣었다.

곧 친구가 오긴 왔는데 야마다가 아니라 아오키로, 법무성이 아니라 OA 기기를 파는 회사에서 영업 사원으로 일하는 사람이었다. 야마다라는 엘리트가 정말 있긴 할까. 최소한 여기 온 적은 없다. 엄마 대책용으로 이용하는 망령일 수도 있겠다.

아쿠류는 아오키에게 상황을 여차여차 설명했다.

"그래? 어머님께 들켰다고. 그래도 하룻밤 집행유예를 받았다니 대단한데. 너도 성장했구나, 아쿠류."

"음."

"그래서 어쩌려고?"

"엄마 때문에 내일 여길 떠나긴 해야 돼. 집에 돌아가면 끝이야. 다른 곳으로 이동해야겠어."

"그럼 일단 돈부터 마련해야지."

아오키는 방을 휙 둘러보고 소생을 응시했다.

---

* 부국강병, 탈아론 등을 주장한 근대 일본의 계몽가이자 교육가. 현재 만 엔짜리 지폐의 인물로, 2024년 7월부터 신권 모델이 바뀔 예정이다.

"이걸 전당포에 가져가서 도주 자금을 만들자."

아쿠류는 "좋아" 하고 일어나더니 벽장을 열었다.

"센베이도 가져갈까."

"그게 돈이 되겠어?"

아오키는 얼굴을 찡그리고 "돈이 될 만한 건 분과 히쓰 정도일 거야"라고 말했다.

"히쓰는 선물로 받은 거라 팔 수 없어. 분만 팔자."

소생을 판다고? 소생만 판다고? 소생만?

"파는 게 아니야. 맡기는 거지."

아오키는 마치 소생을 달래듯이 말했다.

그리하여 소생은 아쿠류의 가느다란 팔에 안겨 오밤중에 집에서 나오게 되었다. 아오키가 이쪽인 것 같다면서 앞장섰는데, 취해서 갈지자로 걷는 것이 마음에 걸렸다. 이 집에 자러 오는 친구는 보통 취한 상태다.

"여기다."

우리가 온 곳은 아시타마치 곤페이토 상점가라는 이름의 시간이 멈춘 듯한 공간이었다. 그 일각에 있는 작은 가게 앞에서 갈지자가 멈췄다. 아오키는 유리문을 덜컹덜컹 흔들어 열어보려고 했으나 열쇠로 잠겨 있었고 안은 어두웠다. 막차도 끊긴 심야였다. 다른 가게는 모두 셔터를 내렸다.

"여기 정말 전당포야?"

아쿠류가 의심했다. 유리문에는 최근에 붙인 것으로 보이는 종이가 있었다. '하루 100엔으로 무엇이든지 보관해드립니다'라고 적혀 있었다.

"돈을 내고 맡기는 가게 같은데."

"그런 가게가 있을 리 있냐?"

아오키는 손목시계를 보고 "아아, 시간이 이렇게 됐네. 문을 열 때까지 기다리자"라며 유리문에 등을 기대고 앉았다.

아쿠류도 그렇게 했다. 소생을 복대처럼 끌어안고 다리를 쭉 뻗더니 내 위에 양팔을 올리고 한숨을 푹 내쉬었다. 그리고 하늘을 보았다.

"별이 예쁘네."

"아쿠타가와 류노스케는 그런 뻔한 소리는 하지 않을걸. '별이 예쁘다'를 아쿠타가와처럼 표현해봐."

아오키의 심술궂은 공격에 아쿠류가 고개를 푹 숙였다.

"알고 있어? 아쿠타가와 류노스케는 책을 이렇게 읽었다더라."

아오키는 품에서 비즈니스 서적을 꺼내 팔랑팔랑 마치 물이 흐르듯 부드럽게 넘겨 보았다.

"그러면 글자를 못 읽지 않아?"

아쿠류가 물었다.

"아니야, 그는 읽었대. 다른 사람한테는 안 읽는 것처럼 보일 정도로 빠르게 읽었다고 들었어."

"아쿠타가와가 그랬다고?"

"그래. 그 사람은 머리가 좋았어. 아쿠류, 너는 무리야."

아쿠류는 딱히 기분 나빠 하지 않고 오히려 편한 표정으로 다시 별을 올려다보았다.

"별은 예뻐. 굳이 말을 늘어놓을 필요가 없지."

좌식 책상인 소생이 봐도 예쁜 별이었다. 한동안 시간이 조용히 흘렀다.

"그 집이 사라지면 내일부터 어떻게 하지?"

신기하게도 이 말은 아오키가 했다.

아쿠류도 신기했는지 아오키의 옆모습을 바라보았다.

"나도 괴롭다고."

아오키가 어깨를 움츠렸다.

"자신이 없어. 이런 비즈니스 서적을 손에 들고 비틀비틀 사는 거야. 아쿠류가 그 방에서 이루지 못할 꿈을 꾸는 것을 보면서 내심 안심했어. 형편없는 너를 보면서 너보다는 내가 낫다고 위로받았어. 다른 녀석들은 어떨지 모르겠지만 나는 그 집이 필요해."

아쿠류는 기분이 나쁘지도 않은지 "내가 피라미드의 제일 아래였다는 소린가" 하고 중얼거리며 밤하늘을 올려다보았다.

"나는 이렇게 위만 보고 있어. 너희는 내 눈에 들어오지도 않아. 언제나 별만 보고 있지."

"알고 있어. 네가 우리를 부러워하지 않는다는 거. 그래서 같이 있으면 즐거웠고 응원도 했어. 아쿠류가 정말로 걸작을 쓰면 이 세상이 바뀔 것 같았어. 믿어줄래?"

"아아, 사람의 마음은 하나가 아니니까. 별의 수만큼 있을 테고, 전부 거짓은 아니야."

아오키가 놀란 표정을 짓더니 칭찬했다.

"방금 거 문학적인데. 아쿠타가와 같았어."

"될 수 있을까? 아쿠타가와가."

"그건 무리지."

아오키는 유쾌하게 하하하 웃었다.

아쿠류는 품에서 만년필을 꺼냈다.

"이거, 아버지가 주셨어. 아쿠타가와가 되겠다고 했더니 힘내라면서."

"아버지가 무슨 일을 하신댔지?"

"공립 중학교에서 선생님."

"아주 견실한 직업이네."

"집에 사정이 있어서 견실한 직업을 가지라고 주변에서 계속 압박을 주는 바람에 꿈을 가진 적이 없었다고 해서."

"그래서 아들한테 관대하시구나."

아쿠류는 한참 입을 다물고 있다가 아오키가 꾸벅꾸벅 졸기 시작하자 혼잣말처럼 중얼거렸다.

"사실은 나, 고등학생 때는 피카소를 꿈꿨어. 그랬더니 아버지가 힘내라면서 붓을 사 주셨어."

"그건 처음 듣는 소리네."

아오키가 눈을 떴다.

"의욕만 가득 차서 미대 시험을 쳤는데 세 번이나 떨어졌어."

아쿠류는 말하면서 만년필을 빙글빙글 돌렸다. 마치 히쓰가 발레를 하는 것처럼 보였다.

"꿈을 가져라. 꿈은 좋단다. 아버지는 늘 이렇게 말씀하셨어. 그래서 나는 항상 꿈을 찾았고."

"꿈이 일부러 찾아야 하는 건가?"

갑자기 별 하나가 떨어져 사라졌다.

"봤어?"

"봤어."

둘은 어린애 같은 표정으로 시선을 마주했다.

"아오키, 소원 빌었어?"

"아니. 너는?"

"빌기도 전에 사라지는 거구나, 별똥별은. 떨어지는 걸 보자마자 소원을 빌 수 있게 평소에 준비해두지 않으면 불가능하겠어."

"지금부터 준비하면 늦을까?"

"너는 뭘 바라는데?"

"아쿠류의 꿈이 이루어지기를."

"거짓말!"

"기본급이 오르기를."

"우울한 소원이네."

아쿠류는 크게 한숨을 내쉬었다.

"나, 파더 콤플렉스인가 봐. 아버지를 좋아하니까 그만큼 기쁘게 해드리고 싶어."

"아버님은 어떤 선생님이셔?"

"글쎄다. 제자가 상담하러 오기도 하고 졸업생이 결혼한다고 보고하러 오기도 하니까 뭐, 인망은 있는 것 같아."

그때, 덜커덩덜커덩 소리를 내며 유리문이 열렸다. 안에서 길쭉한 그림자가 나타나 "무슨 용건이 있으신가요?"라고 속삭였다. 목소리가 꼭 소년 같았다.

아오키는 벌떡 일어나 "이거 미안합니다. 우리가 깨웠나? 몇 시에 문을 열지?" 하고 물었다. 아쿠류는 소생을 안고 있어서 얼른 일어나지 못하고 허둥거렸다.

"몇 시에 여냐고요?"

소년이 어리둥절해하며 되물었다.

"여기, 가게 아니야? 뭐든 맡아준다고 적혀 있는데."

"아, 네!"

아오키의 물음에 소년이 갑자기 흥분한 목소리로 대답했다.

새벽 3시.

낯선 남자 둘(게다가 한쪽은 술에 취했다)을 안에 들이는 것은 경솔한 짓인데 소년은 그렇게 했다. 소년이라기보다는 청년에 가까웠고 이 가게를 꾸리는 주인이라고 했다.

아오키는 형광등 스위치를 찾아 직접 켰다. 텅 빈 유리 진열장이 있고 그 너머에 다다미 여섯 장 정도 크기의 높은 마루가 있었다. 포렴처럼 보이는 것은 말려서 봉당에 세워져 있었다. 가게로는 보이지 않았다. **한때** 가게였던 곳처럼 보였다.

아쿠류는 소생을 안고 멋대로 마루에 올라가 가게 주인을 빤히 쳐다보더니 "너, 눈이 안 보이지?"라고 물었다. 너무 서슴지 않은 질문이어서 소생이 기겁했다.

"네."

가게 주인이 대답했다.

소생은 마루 한복판에 놓였다. 아오키와 아쿠류가 나란히 앉았고, 소생을 가운데에 두고 반대편에 가게 주인이 앉았다.

소생을 전당포에 맡겨 돈으로 바꾸려고 했던 두 남자는 목적을 까맣게 잊어버렸는지 가게를 둘러보느라 바빴다. 눈이 보이지 않는 청년과 그가 운영하는 가게에 흥미를 느꼈나 보다.

"너, 혼자 살아?"

"부모님은 계시고?"

"겨우 100엔을 받아서 돈이 벌리기는 해?"

이렇게 끊이지도 않고 질문을 던졌다. 주인은 질문 하나하나에 넘치지도 부족하지도 않게 대답했다. 자신은 혼자 살고, 부모님은 계시지만 같이 살지는 않고, 이 가게는 얼마 전에 문을 열어서 아직 수익을 내지는 못하고 있다고 설명했다.

"대체 언제 문을 연 건데?"

"가게를 연다고 신고를 마친 게 1주일 전이에요."

"그래서 손님은?"

"두 분이 처음 오신 손님이고요."

가게 주인이 기쁘게 웃었다. 피부가 하얗고 반소매 티셔

츠 아래로 뻗은 팔은 길고 말랐으며 아저씨 둘보다 키가 컸는데, 앞으로 더 자랄 것처럼 보이는 청년이었다.

아오키가 머리를 긁적였다.

"아아, 그게 우리는 여기가 전당포인 줄 알았어. 미안한데 돈을 내고 맡길 물건은 없어."

"전당포는 이 상점가를 빠져나가면 있어요."

주인의 목소리에는 친절함이 넘쳤다.

"빨간 지붕이 눈에 띈다고 해요. 영업시간은 어어, 그러니까."

아쿠류가 "어이, 이봐!" 하고 말을 막았다.

"모처럼 첫 손님이 왔는데 경쟁 가게를 소개하면 어쩌자고, 어리숙하긴."

"아."

"다른 가게의 영업시간이 아니라 네 가게의 영업시간을 말해."

"죄송합니다. 실은 영업시간을 딱 정해놓지 않아서요."

"무슨 소리야?"

"저는 계속 집에 있으니까 손님이 오신 시간에 맞이하면 된다고 생각해서요."

"24시간 영업이란 건가?"

"네."

"그건 좋지 않은데. 맺고 끊는 게 없잖아. 무엇보다 네 몸에 좋지 않아. 성장기에는 수면이 중요하니까. 흠, 회사원은 몇 시간이나 일하지?"

"보통 하루에 8시간 일하지."

아오키가 대답했다.

"좋아, 그럼 네 가게도 하루에 8시간만 문을 열면 되겠군. 그래, 너 일찍 일어날 수 있어?"

"네, 늘 6시에는 일어나요."

"그럼 문은 7시에 열면 좋겠어."

"너무 이르지 않아?"

아오키가 끼어들었다.

"아니야, 학생이 학교 가기 전에 들를 수도 있고 회사원도 출근하는 도중에 들를 수 있어 좋잖아. 보관가게는 틈새 장사니까 이 정도 머리는 써야지."

아쿠류는 자신만만했다. 게다가 어딘지 당당한 태도였다. "분, 부탁해", "히쓰, 어떻게 안 될까?" 하고 어리광을 부리던 평소 모습과 전혀 달랐다.

"아침에는 일찍 열고 점심시간에는 제대로 쉬는 게 좋겠어. 11시에 일단 문을 닫고 오후에는 3시부터 7시까지, 어때?"

"낮에 너무 오래 쉬는 거 아니야?"

아오키가 또 끼어들었다.

"아니야, 가게를 닫아도 안에서 할 일이 있잖아. 재고 관리나 회계 처리 같은 거. 그리고 밥을 먹거나 산책할 자기 시간도 확보해야 해. 경영은 체력 승부잖아. 쉬어주는 게 중요해. 오늘처럼 밤중에 덜컹대는 소리가 나도 절대로 가게 문을 열면 안 돼. 도둑일지도 모르니까 일단 경찰서에 전화해야지."

아쿠류는 마루에서 내려가 벽에 기대 놓은 포렴을 펼쳤다. 쪽빛에 하얀 글자로 '사토さとう'*라고 적혀 있었다.

"네 성이 사토야?"

"아니요, 기리시마입니다."

주인이 대답했다.

아쿠류는 아오키와 시선을 마주하고 동시에 고개를 갸웃거렸다. 아쿠류가 질문을 계속했다.

"여기는 예전에 무슨 가게였지?"

"10년이나 전이지만 화과자를 파는 가게였어요."

아쿠류는 아무래도 상관없다는 표정으로 포렴을 다시 말

---

* 설탕이라는 뜻.

아서 세워두었다.

"문을 연 동안에는 포렴을 걸어두면 좋겠지. 영업하고 있다는 표시니까 손님이 편하게 들어올 거야."

"알겠습니다."

가게 주인이 대답했다.

"그런데."

이번에는 아오키가 질문했다.

"너는 보관가게 같은 장사를 어떻게 떠올렸지?"

"그래, 그건 꼭 듣고 싶군."

아쿠류는 선 채로 아오키의 말에 맞장구를 쳤다.

가게 주인은 차분하게 대답했다.

"어떤 사람에게 물건을 맡아달라고 부탁을 받아서요."

"호오."

"물건과 함께 보관료를 받았어요."

아오키가 호기심이 가득한 표정으로 "맡긴 물건이 뭔데?"라고 물었다.

"그건 말씀드릴 수 없어요."

"그렇지, 말하면 안 돼."

아쿠류는 가게 주인의 편을 들었다.

"보관가게는 손님의 비밀을 엄격하게 지켜야 해. 보관하는 물건에 대해 타인한테 언급하면 안 되지. 그걸 제대로 지켜야 해. 장사는 신용이 제일이니까."

'장사를 해본 적도 없으면서 입만 잘도 살았네.' 소생은 이렇게 생각했고 아오키도 비슷한 생각을 하는 표정이었다.

주인은 "보관품을 맡을 때 이름을 정확하게 물어볼 생각이에요"라며 조심스럽지만 자기도 다 생각이 있다고 말했다.

"그래, 너는 눈이 보이지 않으니까 귀로 손님을 기억하면 될 거야."

주인은 자기가 생각한 가게 방침을 계속 설명했다.

"보관 기간이 지나도 손님이 가지러 오지 않으면 보관품은 제가 인수할 거예요. 요금은 선급으로 받고 손님이 기간보다 빨리 찾으러 오면 보관품은 돌려드리지만 차액은 돌려드리지 않는 것으로 규칙을 정하려고 해요."

"괜찮은데. 제법 똘똘하잖아."

아쿠류가 만족스럽게 말했다.

아오키는 "100엔으로 대형 쓰레기를 두고 가는 사람이 있을지도 몰라" 하고 의견을 말했다. 가게 주인은 눈이 보이지 않으니 속아 넘어갈 수도 있어서 걱정이었다.

주인은 잠시 생각하다가 "그럴 때는 제가 대형 쓰레기로 처분하겠어요"라고 대답했다.

"그러면 적자를 볼 텐데."

아오키가 걱정했지만 아쿠류는 "장사에 약간의 위험은 따르는 법이니까" 하고 여유를 보였다.

"장사꾼은 성의를 보이는 게 중요하거든."

아까부터 아쿠류는 장사를 한 100년쯤은 해본 것처럼 말했다. 소생은 그게 우스웠다. 아오키도 웃음을 참는 표정이었다.

가게 주인은 "네" 하고 대답하며 진지하게 고개를 끄덕였다. 다른 사람의 말을 솔직하게 받아들이면서 자기 의견도 또렷하게 밝힌다. 이런 사람은 드물지 않을까. 물론 소생은 가구점과 아쿠류의 집 이외의 세상은 모르니 확신할 수 없다.

아쿠류는 마루로 돌아와 똑바로 앉더니 "그래서, 장래에는 어떻게 할 거지?"라고 가게 주인에게 물었다.

"장래요?"

"10년 후, 20년 후에 이 가게를 어떻게 하고 싶은지, 비전이 있어?"

소생은 웃겨서 미칠 것 같았다. 그 말은 아쿠류가 늘 아오키나 다른 친구들에게 듣던 말이었기 때문이다. 그럴 때마다 아쿠류는 "나는 분명 아쿠타가와 류노스케가 되어 있을 거야"라고 대답해서 실소를 샀다.

가게 주인은 한참 입을 다물고 있더니 "비전은 없어요"라고 대답했다.

아쿠류는 놀란 표정이었다. 아오키도 그랬다.

가게 주인은 자신의 감정을 살피듯이 차근차근 설명했다.

"저는 그저 제가 할 수 있는 무언가가 있다면 그 일을 열심히 하면서 살고 싶어요. 그것뿐이에요."

젊은 가게 주인의 목소리는 열기로 들끓지도, 그렇다고 냉철하지도 않았다.

"너, 몇 살이지?"

아쿠류가 물었다.

"열일곱 살입니다."

"지금까지 장래의 꿈을 가져본 적이 없어?"

가게 주인은 잠깐 생각에 잠겼다. 꿈에 관해 생각해본 적이 있는지 자신에게 묻고 있는 것 같았다. 비전이니 꿈이니, 대충 멋있게 들릴 대답을 하면 그만일 질문인데도 하나하나 성실히 생각해서 솔직하게 답변하려고 한다. 강직한 성격인가 보다.

"저는 맹인학교에 다닐 때 기숙사에서 살았어요. 자유로웠고 친구도 있었죠. 그래도 언젠가 어려서 살던 이 집에서 다시 살아보고 싶은 마음이 있었어요."

"그게 꿈이야? 여기서 사는 게? 여긴 네 집이잖아."

"네. 다른 사람 앞에서 당당하게 꿈이라고 말할 만한 것은 아니겠죠. 그렇지만 지금 제 머릿속에는 이곳에서 제가 할 수 있는 일을 성실하게 하고 싶다는 생각만 가득해요. 제가 뭘 할 수 있을지 몰라서 고민하던 시기도 있었는데, 지금은 보관가게를 운영하기로 해서 의욕이 넘쳐요."

가게 주인의 시원시원한 표정 너머로 속마음이 유리창에 비치듯 투명하게 보이는 것 같았다.

아쿠류는 꽤 오랫동안 말이 없었다. 그러더니 불쑥 "맹인학교, 선생님은 어땠어?"라고 물었다.

"어떻다니요?"

"다들 부모님처럼 살뜰하게 돌봐주나? 일반 학교와 비교하면 어떻지?"

가게 주인은 뭔가 떠올랐는지 그리움과 쓸쓸함이 뒤섞인 표정을 지었으나 아주 잠깐이었고, 이내 쾌활함을 되찾고 대답했다.

"일반 학교에 다닌 경험이 없어서 잘 모르겠어요."

그때 참새가 울었다. 바깥이 어느새 푸르스름해졌다. 곧 아침이 온다.

아쿠류는 "보관가게가 생각보다 잘될지도 몰라"라고 말

했다.

"사람은 억척스러운 동물이라 뭐든 잔뜩 갖고 싶어 해. 그런데 그걸 눈에 보이는 곳에 두기는 싫어하는 습성이 있거든."

평소 소생이 하는 생각을 아쿠류의 입으로 듣다니 깜짝 놀랐다. 사물과 사람은 같이 있으면 생각이 비슷해지나 보다.

아쿠류는 이어서 설명했다.

"일단 눈앞에서 사라지면 그것과의 거리를 가늠할 수 있어. 그러니 이런 가게가 필요할지도 몰라."

그렇구나. 소생에게 없는 것은 서랍이다. 그래서 인기가 없었다. 이 가게는 사람들에게 서랍과 비슷한 존재가 될지도 모른다.

"감사합니다. 마음이 든든한데요."

가게 주인은 유리 같은 눈동자를 반짝였다.

아쿠류는 만족스럽게 고개를 끄덕이고 "그럼 내가 첫 번째 손님이 되어주지"라며 소생을 툭툭 두드렸다.

"이걸 보관해줘."

가게 주인은 손을 뻗어 소생을 만졌다. 손바닥이 청결하고 차가웠다. 소생의 형태를 확인하려고 전체를 쓰다듬었다. 젊고 생생한 생명이 손바닥을 넘어 전해졌다.

"좌식 책상인가요?"

"맞아."

"며칠간 보관해드릴까요?"

"음, 200일."

"200일이라고?"

아오키가 놀라서 반응했다.

"너 돈 있어? 나는 없는데."

아쿠류는 차분하게 품에서 2만 엔을 꺼내 가게 주인의 손바닥에 올렸다. 엄마에게 받은 돈을 전부 다 건넸다.

가게 주인은 진지하게 지폐를 만지작거렸다.

"얼마인지 알겠어?"

아쿠류가 물었다.

"네, 정확하게 2만 엔. 분명히 받았습니다."

아쿠류는 "그럼 이만 돌아가지"라며 일어섰다.

아오키는 "괜찮겠어?"라고 물으면서도 신발을 신었다. 아쿠류는 괜찮다고 고개를 끄덕이며 나막신을 신었다.

"자, 그럼."

아쿠류가 인사하자 가게 주인은 "이용해주셔서 고맙습니다"라고 말하며 고개를 숙였다.

"그러면 안 되지!"

아쿠류가 호통을 쳤다.

"이름을 물어보겠다고 했잖아?"

꼭 무슨 연수 같다. 자기가 선생님이라도 되는 줄 아나.

가게 주인은 화들짝 놀라 "성함이 어떻게 되세요?" 하고 물었다.

아쿠류가 가슴을 펴고 대답했다.

"아쿠타가와 류노스케."

가게 주인이 당황한 표정을 지었으나 아쿠류와 아오키는 그대로 가게를 나갔다. 아쿠류의 나막신 소리가 점점 멀어졌다. 그 소리와 교대하듯 해가 떠올랐고 곧 기분 좋은 바람이 불었다.

이런 연유로 소생은 '아쿠타가와 류노스케의 보관품'이 되어 200일간 이곳에서 지내게 되었다. 아쿠류는 마침내 아쿠타가와 류노스케가 되었다. 편법으로 꿈을 실현했다.

소생은 보관품이어서 가게 매장이 아니라 안쪽 방으로 옮겨졌다. 가게 주인은 소생 위에 절대로 물건을 올려놓지 않았다. 보관품이니 소중하게 다뤘고 이틀에 한 번은 마른 수건으로 닦아주기도 했다. 가게 주인은 아쿠류와 달리 청결하고 신의가 있었으며 매일 규칙적으로 생활했다.

주인은 매일 아침 6시에 일어나서 얼굴을 꼼꼼히 씻었다. 비누로 아주 꼼꼼히. 그리고 아쿠류가 지시한 대로 오전 7시에는 가게를 열고 11시부터는 점심시간을 가진 뒤 오후에는 3시부터 7시까지 다시 가게를 열었다. 운영 시간에는 포렴을 걸었다.

아쿠류의 짐작대로 가게는 제법 장사가 잘돼서 물건을 맡기려는 사람이 한 명 또 한 명 방문했다. 소생은 가게에 나가 있지 않아서 전부 다 파악하진 못했는데, 조금 큰 소동이 일어나면 안쪽 방에서도 들을 수 있었다.

어느 날은 집 권리서가 오기도 했다.

"유산 때문에 다툼이 좀 생겼는데, 욕심 많은 아들놈에게서 유산을 지키고 싶다오"라며 노부인이 맡기러 왔고, 이후에 아들이 "다 어머니의 망상이야. 서류를 돌려받으러 왔소"라며 찾아왔다. 주인이 비밀 엄수 의무를 이유로 단호히 거절하자 나중에 변호사가 의사의 진단서를 들고 왔다. 그래서 주인도 인정하고 돌려주었다. 그 문제가 해결되기까지 주인은 안쪽 방에서 거의 잠도 자지 않고 법률을 조사하며 노력했다. 눈이 보이지 않아 음성 데이터로 자료를 모으느라 눈코 뜰 새 없이 바빴다. '비전은 없지만 할 수 있는 일을 성실하게 하겠다'고 했는데, 성실함의 수준이 대단했다. 그와 비교하면 아쿠류는 노력이라곤 하지 않는 인간이라고 생각했다.

어느 날은 투구벌레를 벌레 우리까지 통째로 맡았다. 어느 날은 약혼반지를 맡았다. 어느 날은 오래된 시계, 어느 날은 누가 봐도 대형 쓰레기인 것이 들어온 적도 있었다. 아오키의 걱정이 적중한 셈인데, 주인은 벌레든 쓰레기든 성실하게 대했다.

아무래도 손님들은 주인의 눈이 보이지 않는 점이 마음에 든 것 같다. 맡긴 물건이 무엇인지 파고들지도 않고 얼굴도 보지 못한다. 손님들은 그 점에 안심했다. 손님에게 좋은 일은 가게에도 좋은 일이다. 손님이 늘면 자연스럽게 수익도 늘어나니까.

내 일도 아니면서 소생도 덩달아 기분이 좋았다.

주인과 손님의 대화를 듣거나 다른 보관품과 어울리는 것은 소생의 견식을 넓히는 데 도움이 되었다. 좌식 책상으로서의 임무는 하지 못해도 기한이 200일로 정해져 있어 초조하지 않았다. 혹시 녀석이 정한 기간보다 일찍 올지도 모른다고 기대하는 마음도 없지 않았다. 이 시기에 지식을 축적해 "분, 부탁이야"라고 녀석이 울며 매달리면 재빨리 아이디어를 떠올려 "이 주제로 쓰는 게 어때?"라고 제안하고, 그 결과 녀석이 걸작을 쓴다면 숙원을 달성할 수 있겠다고 상상했다.

장사가 잘되자 주인은 더 안쪽에 있는 넓은 방에 열쇠를 달고 보관품을 보관했다. 당연히 소생도 그곳에 들어갔다. 그래서 가게 상황은 알 수 없었지만 보관품이 들락날락하는 것을 지켜보면서 바깥 광경을 상상했다.

　멀게만 느껴지던 200일이 어느새 다가오고 있었다.

　주인은 보관품의 기한을 전부 기억하는지 기한이 다가온 것은 보관용 방 앞쪽에 놓았다. 소생도 드디어 앞쪽에 놓였다. 슬슬 좌식 책상으로 살고 싶어 몸이 단 참이었다. 보관품이 아니라 **아쿠류의 분**으로 존재하고 싶었다.

　마침내 그날이 왔다. 유난히 보관품이 들락날락한 날이었다. 주인은 보관용 방에 여러 차례 들어왔다 나갔다. 그때마다 '드디어 소생을 맞이하러 왔나!' 하고 기대했지만 주인의 손은 소생에게 닿지 않고 지나쳤다. 주인도 마음에 걸렸는지 저녁이 되자 소생의 존재를 확인하려는 듯이 살짝 어루만졌다.

　길고 긴 하루가 끝났다. 가구점에서 피라미드 밑변이 되어 지낸 수개월보다도 긴 하루였다. 자신이 정한 문 닫을 시각이 지나도 아쿠류는 오지 않았다.

　그때 소생은 아쿠류의 말을 떠올렸다.

　"일단 눈앞에서 사라지면 그것과의 거리를 가늠할 수

있어."

아쿠류는 소생과 떨어져 지내는 동안 좌식 책상은 필요하지 않다고 생각했는지도 몰라.

아니, 잠깐만.

아쿠류는 소생을 맡긴 순간 아쿠타가와 류노스케가 되었다. 그래서 이제 소생이 필요하지 않은 걸까.

아니, 잠깐만.

어쩌면 처음부터 버릴 생각으로 두고 갔을지도 모른다. 2만 엔은 보관료가 아니라 보관가게에 자금을 원조한 걸지도 몰라.

아니, 잠깐만.

아쿠류는 지금쯤 피카소가 되었을지도 몰라.

아니, 잠깐만.

아쿠류는 그날 돌아가다가 교통사고를 당해 죽었을지도 몰라.

아쿠류는, 아쿠류는, 아쿠류는.

으음, 생각해봤자 무의미하다.

어쨌든 이리하여 소생은 보관가게 주인의 소유물이 되었다.

주인은 기한이 지난 보관품을 팔거나 버렸는데 소생은 처분되지 않고 가게에 놓였다.

내가 말하긴 좀 그렇지만 가게 마루에 좌식 책상은 잘 어울렸다. 소생이 그곳에 놓이자 비로소 가게가 구색을 갖췄다.

주인은 마루 한쪽에 소생을 놓고 앉아서 손님을 기다렸다. 한쪽 귀에 이어폰을 끼고 라디오를 듣는 날이 많았다. 200일 전에는 없었던 오래된 시계가 가게 벽에 걸려서 한 시간마다 시간을 알렸다. 봉, 봉봉, 봉봉봉. 저 시계도 보관 기간이 지난 물건이다.

시계는 시간이 흐르고 있다고 열심히 경종을 울렸지만 보관가게는 시간이 멈춘 것만 같았다.

조금씩이지만 주인의 손과 발이 자랐다. 정말로 자랐다. 바로 곁에서 보니까 알 수 있었다. 소생은 주인의 성장을 보면서 시간이 얼마나 흘렀는지 대충 짐작했다. 그런데 어느 날, 주인의 손발이 성장을 멈췄다. 그래서 소생은 시간의 흐름을 파악하지 못하게 되었다.

그러던 중 이상한 손님이 왔다.

팔뚝을 드러낸 옷을 입은 머리카락이 구불구불한 젊은 여성이었는데, 주인에게 말을 걸지 않았다. 영업 중에 살금살금 들어와 멋대로 안으로 들어갔다. 주인이 가게를 닫고 안으로 들어가면 여성은 살금살금 나와 가게에서 시간을 보냈다. 손님용 방석을 베개 삼아 마루에서 태평하게 잠을 잤다. 그리고 아침에 주인이 가게로 나오는 시간이 되면 다시 살금살금 안으로 들어갔다. 참 이상한 여자였다.

소생은 한동안 그 여자를 관찰했는데, 아무래도 여기에 멋대로 들어와서 사는 것 같았다. 주인의 눈이 안 보여 들키지 않았다고 믿었는지 살금살금 발소리를 죽이며 안쪽 방과 가게를 오갔다.

가출 소녀일까? 경찰에게 쫓기는 범죄자일지도 모른다. 이곳에 머물면 숙박비가 들지 않는다. 가끔 밖에 나가 도시락을 사 와서 정신없이 먹기도 했다. 그녀는 대담하면서 어리석었다. 눈이 보이지 않는 사람의 촉이 얼마나 좋은지 몰랐다.

주인은 손님이 포렴을 지나기만 해도 고개를 든다. 포렴이 흔들리는 소리를 듣는다. 바람도 감지한다. 공기의 미미한 이동만으로도 문이 열렸는지 아닌지는 물론이고 손님이 서 있는 위치까지 파악한다. 냄새에도 민감해서 곰팡이를 놓치지 않고 제거한다.

여자 한 명이 안쪽 방과 가게를 오가는 것을 모를 리가 없었다.

그런데 이상하게도 주인은 여성을 깨닫지 못한 척해주었다. 시치미를 뚝 뗀 표정으로 평소처럼 지냈다. 어쩌면 타인의 존재를 즐기고 있는지도 모른다. 그녀가 무심코 덜커덩 소리를 내고 놀란 표정으로 눈치를 살펴도 주인은 들리지 않는 것처럼 굴었다.

돌이켜 보면 아쿠류의 인생은 소란스러웠다. 친구들이 갖은 핑계를 대며 찾아왔고, 가족이 녀석을 데리러 오기도 했다. 사회의 구석진 곳에 살면서도 떠들썩한 인생이었다. 아쿠류와 달리 가게 주인은 그저 고독했다. 부모님은 살아 계신 것 같은데 소생이 아는 한 아들을 만나러 온 적은 없다.

어느 날, 그 여자는 마루에서 내려가려다가 다리를 접질렸다. 마침 주인이 안에서 나오던 참이라 재빨리 손을 뻗어 붙잡아주었다. 덕분에 여자는 넘어지지 않았다.

여자는 당황한 표정으로 도망치듯 안으로 들어갔다. 주인은 아무 일도 없었다는 듯이 소생 앞으로 와서 앉았다.

그날 밤에 있었던 일이다.

시계가 봉, 한 번 울렸다. 심야였다. 가게에서 뒹굴던 여자가 스르륵 일어나더니 소생 위에 700엔을 두고 나갔다. 그녀는 1주일간 머물렀다. 자신의 보관료를 치르고 가버렸다.

주인은 다시 혼자가 되었다.

그로부터 어느 정도 시간이 흘러 다른 여성이 나타났다. 이번에는 젊지 않은 아줌마였다. 자원봉사로 하고 있다면서 점자책을 툭 놓고 갔다. 보관가게를 연 지 8년이 지나 가게 주인은 스물다섯이었다.

그날부터 주인은 소생 위에 점자책을 올려놓고 읽었다. 점자책을 읽으며 손님을 기다린다. 이것이 주인의 스타일이 되었다. 소생은 두툼한 종이의 무게를 느끼면서 좌식 책상으로서의 존재 의의를 찾았다.

점자책은 커다랗다. 소생처럼 튼튼하고 말끔한 디자인은 점자책을 올리기 위해 태어났다고 해도 좋을 만큼 적합했다.

아이자와라는 이름의 아줌마는 종종 가게에 찾아왔다. 여러모로 신비한 아줌마였지만 주인과는 마음이 맞는지 거리를 일정하게 유지하면서도 어딘가 가족 같은 따뜻한 관계를 맺었다.

얼마 뒤 가게에 고양이가 오고, 또 오르골이 오면서 동료가 하나둘 늘어 포럼과 유리 진열장과 시계와 소생까지 포함해 이른바 하나의 팀이 되었다. 팀이라고 해도 '파이팅!' 같은 구호를 외치지는 않는다. 그저 멍하니 있는 존재들이다.

아쿠류의 방에서 히쓰는 소생보다 소중한 존재였다. 소생 아래에 유메가 있고, 그보다 더 아래에 위 센베이와 아래 센베이가 있었다. 자그마한 세계지만 그 방에는 신분이 있었다.

그런데 보관가게는 그렇지 않았다. 오르골도 유리 진열장도 포렴도 시계도 고양이도 소생도 가게 주인에게는 일상적인 주변 사물일 뿐이다. 왜냐하면 주인은 사물에 이름을 붙이지 않기 때문이다. 고양이도 처음에는 그냥 고양이였다. 남들이 하도 뭐라고 해서 '사장님'이라는 우스운 이름을 붙였을 정도다.

우리는 주인에게 풍경이었다. 그것도 없으면 안 될 풍경이었다. 주인은 풍경이 필요했고 그만큼 사랑하며 소중하게 대했다.

팀 보관가게는 그 사실을 잘 이해했다. 묘한 연대감을 품고 가게 주인을 지지하고 지키고 있다. 물론 속마음은 제각각이다. 포렴은 가게 주인을 사랑하고, 유리 진열장은 오르골을 마음에 들어 하고. 소생도 굳이 소망을 말하자면 저 사랑스러운 오르골을 소생 위에 올리고 노래를 듣고 싶은 욕망이 있다. 뭐, 그렇지만 전반적으로는 다들 만족한 상태다.

어느 날, 남색 양복을 입은 중년 남자가 가게에 들어왔다.

영업시간인데 주인이 없어서 어쩔 수 없이 내가 "어서 오세요" 하고 손님을 반겼다. 말하기를 잘했다. 정말 목소리가 나왔다.

그 중년 남자는 "여어" 하고 아는 척을 했다. 자세히 보니 아쿠류였다! 7 대 3으로 나눈 가지런한 머리카락에 흰머리가 드문드문 섞여 있었다.

"드디어 데리러 온 거야? 너무 늦었잖아."

가슴이 뛰어 소생의 목소리가 조금 떨렸다.

아쿠류는 차분한 태도로 소생이 위에 올리고 있는 점자책을 보고는 "분, 열심히 일하고 있구나"라고 말했다. 그리고 가게 내부를 차분히 둘러보더니 "여기 주인도 제대로 하고 있고" 하고 만족스럽게 중얼거렸다.

아쿠류는 신발을 벗지 않았고 마루에도 올라오지 않았다.

소생을 데리러 온 것이 아님을 금방 깨달았다. 아쉽기도 하고 다행이기도 했다. 소생이 오기를 부리는 것은 아니다. 그 방에서 분이라는 이름으로 불리던 것도 좋았지만 이 가게에서 점자책을 받치는 역할을 버리기도 싫다. 마음은 다양하다. 하나가 아니다. 예전에 아쿠류가 했던 말이 옳았다.

모처럼 말을 할 수 있으니 대화를 조금 나눠보기로 했다.

"아쿠류, 너 지금 뭐 하고 살아?"

아쿠류는 민망한 듯이 웃으며 대답했다.

"그게, 교사야."

놀라라! 그나저나 이 녀석, 덧니가 있었네. 보조개도 있잖아! 소생, 아쿠류의 미소를 처음 보았다.

그때 소생은 이해할 수 있었다. 아쿠류라는 사람을 알게 되었다.

아쿠류는 아마 처음부터 선생님이 되고 싶었을 것이다. 아버지를 좋아하는 마음에 아버지처럼 되고 싶었다. 그런데 아버지가 하도 꿈이 중요하다고 말하니 그 말에 맞추려고 했다. 그렇지? 어리석기는, 아쿠류. 그런 마음이 있으니 원고지를 채우지 못하지.

그렇구나, 선생님이구나. 아쿠류에게는 성실함을 끌어들이는 재능이 있다. 분명 학생들을 올곧게 키우고 있을 것이다. 선생님이 천직이다.

마음이 놓인 소생은 아쿠류를 조금만 놀리기로 했다.

"좋은 아이디어가 하나 있는데."

"호오, 어디 들어볼까?"

아쿠류는 진지한 표정으로 팔짱을 꼈다.

"그때 살던 집을 무대로 소설을 써보는 건 어때? 히쓰랑 유메, 위 센베이랑 아래 센베이, 물론 소생도 등장하는 거야. 어떤 식으로 쓰든 용서할게. 아오키랑 다른 친구들도 등장시키고. 말하자면 사소설*인 거지. 오랜만에 한번 써봐. 지금이

---

* 작가 자신을 1인칭 주인공으로 하여 삶의 체험이나 심경을 고백하는 형태의 소설.

라면 다섯 장 정도는 쓸 수 있지 않겠어?"

"좋은데? 꽤 괜찮은 아이디어야."

아쿠류는 마음에 든다는 듯이 고개를 살짝 기울였다. 소생의 기분을 생각해 맞춰주는 것임을 알아차렸다. 그래도 조금만 더 꿈에 대해 이야기하고 싶었다.

"아쿠타가와 류노스케는 되지 못해도 아쿠타가와상은 받을지도 모르잖아? 아니, 받을 수 있어. 다들 기뻐하겠지, 네가 아쿠타가와상을 받으면. 아버지도 눈물을 흘리며 기뻐하실걸."

"아아, 아버지도 기뻐하시겠지, 저승에서."

아쿠류가 말했다.

소생은 보관가게에서 견문을 넓혔고 그런대로 지식이 늘어서 저승이 무엇인지 알았다. 보관가게 밖에서는 시간이 흘렀다. 그런 일도 있는 법이다.

아쿠류가 "주인을 잘 부탁해"라는 말을 남기고 나가려 해서 집요하다고 생각하면서도 반드시 알고 싶은 것이 있어 불러 세웠다.

"어이, 아쿠류. 엄마의 유일한 부탁은 뭐였어?"

아쿠류가 뒤를 돌아보았다.

"가르쳐줘. 그게 자꾸 생각이 나더라고."

아쿠류는 덧니를 보이며 웃었다.

"웃으며 살라는 거."

마지막 '거'를 들은 순간, 아쿠류가 사라진다 싶더니 그 자리에 다른 손님이 서서 주인과 대화를 나누고 있는 것이 아닌가.

소생이 꿈을 꾼 걸까? 아쿠류가 온 꿈을.

손님은 등이 굽은 할아버지로 단연코 아쿠류가 아니었고 커다란 개를 데리고 있었다.

"먹이나 화장실 문제 때문에 이거 참 번거롭겠구려."

이런 소리나 하고 있다.

뭐야. 가게 주인 씨, 이번에는 개를 보관할 생각이야? 주인은 성실한 표정으로 개를 돌보는 요령을 자세하게 물어보고 있다. 이거 참, 큰일일세.

그건 그렇고, 아쿠류의 꿈을 꾸다니.

소생이 마음 한구석에서는 여전히 아쿠류를 기다리고 있는 걸까? 분이라는 이름에 미련이 남았나? 주인에게 조금 미안한 마음이 들었다. 그래도 비긴 셈이다. 주인도 누군가를 기다리고 있다. 소생뿐 아니라 팀 보관가게 모두 말은 안 하지만 알고 있는 사실이다.

주인은 정신이 아득해질 정도로 긴 시간을 기다리면서 불평 한마디 하지 않고 보관하는 일에 몰두한다. 성심성의껏 다른 사람의 인생을 넣는 서랍이 되어주려고 한다. 장하다.

소생도 점자책을 받치는 일에 전념해야지.

조금 전에 꿈에서 본 것처럼 아쿠류는 분명 선생님이 되었을 것이다. 그리고 아마 웃으며 살고 있겠지.

녀석은 소생을 이곳에 맡긴 그날 밤, 나이 어린 가게 주인에게 이렇게 해라, 저렇게 해라 건방지게 지시했지만 마음이 한풀 꺾였을 것이다.

이렇게 적적한 곳에서 미성년자인 주인이 혼자서 할 수 있는 일을 하고 싶다고 말했다. 그 모습에 충격을 받아 자신도 그렇게 해보기로 마음먹지 않았을까. 그때 주인은 가게에 들어오기 직전에 본 별처럼 반짝반짝 순수하게 빛났으니까.

아쿠류가 드디어 덧니를 보이며 웃었다.

단 한 가지 소원이 이뤄진 아쿠류의 엄마도 분명 기뻐하겠지.

파란 연필

처음으로 도둑질을 했다. 2B 연필 한 자루를 훔쳤다.

손에 감기는 둥그스름한 육각기둥. 깎인 적이 없는 완벽한 형태. 테두리는 선명한 블루. 파랑이라는 단어보다 블루가 잘 어울리는 색. 할머니 집에서 보이던 바다의 색과 닮았다.

초등학교에 입학하기 직전 오본お盆* 연휴에 놀러 갔을 때, 할머니가 툇마루에 나란히 앉아서 가르쳐주셨다.

"저길 보려무나. 저 바다는 태평양이라고 한단다."

할머니를 생각할 때면 바다의 짭조름한 냄새가 되살아나 코끝이 찡해진다.

<small>* 매년 양력 8월 15일을 중심으로 죽은 조상의 영혼을 기리는 일본 최대 명절.</small>

할머니는 가마쿠라에 사셨다. 마당에 난 귤나무는 '후유미 님'이라고 부르고 소나기구름은 '목 군'이라고 불렀다. 그래서 그때는 태평양도 할머니가 붙인 이름인 줄 알았다.

도쿄의 우리 집, 햇볕이 들지 않는 다다미 넉 장 반짜리 내 방에서 태평양 색깔을 한 연필을 살펴보고 있는데 옆에서 손이 쑥 뻗어 나와 연필을 채갔다.

"예, 쁘, 다."

나오키였다. 배시시 웃으면서 연필을 입에 넣었다. 황급히 빼앗았지만 선명한 블루 끄트머리에 잇자국이 작게 찍혀 버렸다. 어쩌지?

나오키는 나동그라져서 손발을 파닥이며 불에 덴 듯이 울어댔다. 울고 싶은 건 이쪽이다.

"뭐 하는 거니!"

엄마가 소리를 질렀다. 눈을 무섭게 치켜뜨고 달려와 나오키를 안아 일으켰다.

"다치지 않았니? 아팠어?"

나는 야단을 맞는 기분이었다. 나오키는 울음을 그치지 않았다. 그치면 사랑하는 엄마가 부엌으로 돌아갈 테니까.

나는 연필을 손가방에 살그머니 감추고 "나, 안 밀쳤어"라고 말했다.

엄마는 "엄마도 알아"라고 말하며 이쪽을 보았다. 그 눈빛이 '조금 다정하게 해줄 수 없니? 누나잖아'라고 말하고 있었다.

나는 이번 봄에 중학생이 되었다. 세 살 때부터 '누나'를 맡고 있다. 나오키는 초등학교 4학년. 학교에 다닌다면 4학년이라는 소리다. 평생 갓난아이처럼 사는 특별한 아이. 그게 내 동생 나오키다.

울음소리를 뒤로한 채 가방을 들고 집을 나왔다.

밖은 차 소리도 나고 바람 소리도 난다. 하지만 내게는 조용한 곳이다. 나오키의 발소리나 울음소리처럼 시끄러운 것은 없다.

엄마는 모르겠지만 지금 이건 가출이다. 가방에는 전 재산이 든 지갑이 들어 있다. 언제든 가출할 수 있게 넣어두었다. 1만 7,800엔. 아니다, 지난주에 만화 잡지를 샀으니까 1만 7,300엔. 나는 이 돈으로 자유로워진다.

후련한 기분으로 걷는데 얼마 안 가 좁은 강이 나왔다. 철제 울타리를 쳐놔서 강변에 들어가지는 못한다. 흐르는 강물과 반대 방향으로 걸었다. 평소에는 다니지 않는 쪽이다. 정처 없이 걷다가 교복을 입고 나온 것을 깨달았다. 그러자 오늘 학교에서 벌어진 사건이 문득 머릿속에 떠올랐다.

"한 자루, 깎지 않은 게 들어 있어. 보고 싶다."

점심시간에 교실에서 유리에가 말했다. 유리에의 시선 끝에는 로즈핑크색 필통이 있었다. 가죽 재질에 고급스러운, 본적 없는 형태. 아마 외제이지 않을까. 그 필통은 전학생의 책상 위에 있었다.

나는 창가 쪽 제일 뒷자리에 앉아 그 말을 듣고 있었다. 햇볕이 잘 드는 자리여서 머리가 멍했다. 유리에의 자리는 내 앞이라서 표정이 보이지 않았다. 윤기 흐르는 긴 머리카락 몇 가닥이 햇볕을 받아 불그스름하게 빛났다. 머리카락에도 피가 통하는지 궁금했다. 어깨보다 긴 머리는 묶는 것이 교칙인데 유리에는 점심시간이면 고무줄을 풀어 머리를 내린다. 계속 묶고 있으면 머리가 아프다고 했다.

그때 아야카와 무쓰미는 서 있었다. 쉬는 시간이면 이렇게 넷이서 보낸다.

중학교 입학식 후 우리 반 여자애들은 친구들을 신중하게 살펴 2주 사이에 대충 그룹을 정했다. 같은 초등학교 출신끼리 뭉친 사람도 있고 새롭게 시작하려는 사람도 있었는데 나도 그중 하나였다. 유리에는 같은 초등학교에 다녔지만 아야카와 무쓰미는 아니었다. 유리에는 키도 크고 외모도 화려해서 초등학교 때부터 눈에 띄었다. 한 번도 같은 반이 된 적은 없었다. 말을 나눠본 적은 없지만 나는 유리에를 알고 있었고, 아마 우리 학교에서 그 아이를 모르는 사람은 없었을 것이다. 유리에가 있는 그룹이 반의 중심이 되는 건 해가 동쪽에서 뜨는 것처럼 당연한 사실이었다. 초등학교 때 어울리던 친구들과 반이 나뉘어 유리에도 불안했는지 마침 뒷자리에 앉은 내게 말을 걸었다.

"머리 묶는 것 좀 도와줄래?"

기뻤다. 나도 불안했으니까. 그날부터 점심시간이 끝나면 유리에의 머리를 묶어주는 것이 내 임무가 되었다.

예쁜 여자 주변에는 자연스럽게 사람이 모이는 법이라서 아야카와 무쓰미도 곧 친구가 되었다. 다들 5월에 소풍을 가기 전까지는 자기 위치를 찾길 바랐을 테니 안심했으리라. 물론 나도 그랬다. 그런데 갑자기 전학생이 등장했다.

"홋카이도에서 온 오다란다."

선생님은 이렇게 소개했다.

인상적인 아이였다. 오다 퍼트리샤라는 이름. 게다가 금발. 키는 그렇게 크지 않은데 얼굴이 작고 늘씬했다. 어깨까지 오는 머리카락은 찰랑거렸으며 피부는 **목 군**처럼 새하얗고 눈은 태평양 같은 블루였다. 전에 다니던 학교의 교복인지 하얀 블라우스에 군청색 체크무늬 스커트, 베이지색 재킷을 입고 있었다. 전부 다 우리와는 달랐다. **좋은 쪽**으로. 가방도 필통도 실내화도 **좋은 쪽**으로 달랐다. 오다에게는 스타성이 있었다.

하지만 타이밍이 안 좋았다. 그룹이 이제 막 완성된 불안정한 시기이다 보니 다들 파문을 일으키길 꺼려해서 선뜻 말을 거는 사람이 없었다. 오다는 혼자 있어도 불안한 기색 없이 쉬는 시간에는 책을 읽으며 보냈다. 그런 당당한 태도 역시 스타의 관록이었다.

원조 스타인 유리에는 그 애를 그룹에 영입하고 싶은 마음과 자신보다 개성이 강한 그 애를 곁에 두고 싶지 않은 마음이 반반이지 않았을까? 오다가 자리를 뜬 사이 노트를 훔쳐보더니 "일본어, 쓸 수는 있나 봐"라면서 신경이 쓰인다는 티를 팍팍 낸 걸 보면 말이다.

우리 그룹에 오다가 들어오면 멋진 여자가 둘이 되니 최강이다. 그러나 다섯이라는 홀수는 여자를 불안하게 한다. 유리에는 나와 오다를 교체하고 싶을지도 모른다. 나는 내심 의심했다. 만약 오다가 전학 온 시기가 조금 일렀다면 분위기를 파악하고 알아서 물러나 다른 그룹으로 옮겼을 것이다. 하지만 시기가 너무 안 좋았다. 간신히 뭉친 그룹은 변동을 꺼려서 내가 들어갈 만한 곳이 보이지 않았다. 나는 소풍을 가서 혼자 도시락을 먹을 용기가 없었다.

그런 상황에서 '한 자루, 깎지 않은 게 들어 있어'라는 말이 나온 것이다. 아야카와 무쓰미는 곤란하다는 듯이 웃으며 얼굴을 마주 보았다. 유리에는 뒤에 앉은 나를 돌아보고 "마사미, 보고 싶지 않니?" 하고 물었다. 교실에는 우리 넷뿐이었다.

그때 나는 도대체 왜 그런 행동을 했을까?

나는 벌떡 일어나 전학생의 책상에 가서 로즈핑크색 필통의 뚜껑을 열었다. 제일 먼저 눈에 들어온 블루 연필. 깎지 않은 새것이다. 보자마자 이걸 말하는 줄 알아차렸다. 얼른 손에 쥐고 뚜껑을 닫은 뒤 후다닥 돌아와 유리에에게 내밀었다. 놀랄 만큼 잽싸게 움직여서 의기양양했고 당연히 유리에가 받을 줄 알았다. 고맙다고 말해주길 기대했다.

그런데 유리에는 놀란 표정으로 고개를 좌우로 흔들었다. 윤기 흐르는 머리카락이 흔들렸다. 나는 당황했다. 진심이 아니었구나! 종이 울리자 아야카와 무쓰미는 도망치듯이 자기 자리로 돌아갔다. 다른 아이들이 교실로 돌아와 나는 황급히 연필을 내 가방에 넣었다. 자리에 앉아 앞을 보니 유리에의 머리는 이미 하나로 묶여 있었다. 내 도움은 필요 없다는 뜻인 것 같아 충격을 받았다. 하긴, 도둑질한 손이다.

5교시는 수학이었다. 좋아하는 과목인데 머리에 전혀 들어오지 않았다. 도둑이 되었다는 생각에 명치가 쿵쿵, 마치 심장처럼 뛰었다. 오다 쪽을 볼 엄두가 나지 않았다. 필통을 열고 어떤 반응을 보였을까. 그래도 오다는 연필이 없어졌다고 소리를 지르지는 않았다.

오다의 자리는 교실 정중앙이었다. 선생님 입장에서는 전학생이 반에 잘 적응하도록 배려한 것이겠지만 오다에게 말을 걸면 눈에 띈다. 전학생에게는 뒷자리가 어울린다. 그렇다, 내 자리는 오다에게 어울린다. 해도 잘 들고. 아름다운 유리에와 나란히 서는 것도, 이 그룹도 오다에게 더 어울린다.

평소 방과 후에는 넷이 같이 노는데 나는 일이 있다고 하고 먼저 집으로 돌아왔다. 연필을 빨리 돌려주라는 소리를 듣기 싫었다. 그야 당연한 소리고 나도 알고 있으니까. "보고 싶다고 한 거, 유리에 너였잖아" 같은 소리, 나는 할 수 없다. 농담을 진담으로 받은 내가 잘못한 거니까.

집으로 돌아오면서 훔친 연필을 길바닥에 버릴까도 생각했는데 죄가 깊어지는 것이 무서워서 결국 들고 와버렸다. 조금 전까지만 해도 남들 눈에 안 띄게 오다에게 돌려주는 쪽으로 생각이 기울었다. 그런데 그마저도 나오키의 잇자국이 나버렸으니 글렀다.

강을 따라 걸으며 대체 왜 훔쳤는지 생각하고 또 생각했다. 유리에에게 '도움이 되는 나'를 어필하고 싶었나? 블루 연필이 예뻐서 욕심이 생겼나? 그렇다면 나는 솔선해서 도둑이 된 것이다.

조금 큰 길로 나오자 저 앞쪽, 건널목 앞에 오래된 상점가 입구가 보였다. 아시타마치 곤페이토 상점가다.

스카이트리Skytree* 건설이 시작되면서 이 부근에 새로운 가게가 많이 생겼다. 그런데도 이 상점가는 사라지지 않고 살아남았다. 케케묵은 분위기여서 나는 흥미가 없었는데 엄마는 종종 들른다고 했다. 엄마는 "거기엔 문이 있어"라고 말했다.

"무슨 문인데?"

호기심에 묻자 엄마는 편해지는 문이라는 영문 모를 대답을 했다. 어른에게 상점가란 그리운 풍경인가 보다.

건널목을 건너 상점가에 들어서니 어렴풋하게나마 기억이 났다. 와본 적이 있었다. 언제더라? 초등학교에 들어가기 전일까? 엄마와 이곳에 왔다. 무슨 일로 왔더라? 걷다가 문득 생각이 났다. 맞다, 삼각자. 그걸 사러 왔다. 당시 입학을

---

* 높이 634m에 이르는 도쿄 스미다구에 있는 방송탑으로, 2012년 5월에 개장하며 이전까지 도쿄를 상징하는 랜드마크였던 도쿄 타워를 대체하게 되었다.

앞두고 산수 도구 세트를 선물 받았다. 그런데 나오키가 발꿈치로 밟는 바람에 삼각자가 부러졌다. 그때도 엄마는 "다치지 않았니?" 하고 제일 먼저 나오키를 걱정했다. 나는 새로 산 삼각자가 부러져서 울었다. 엉엉 울었다. 울지 않으면 엄마가 내 비극을 알아주지 않으니까.

"새 삼각자 얼른 사 줘."

고집을 부려서 엄마와 이 상점가에 왔다.

상점가 한가운데쯤에 작은 문방구가 있었는데. 아아, 아직 있다. 이곳에서 삼각자를 사고 맞은편 찻집에서 소프트아이스크림을 먹었다. 아아, 그 가게는 이제 없다. 일본 차를 달여서 파는 가게였고 로스터처럼 생긴 기계가 있어서 구경하다 보면 눈이 핑핑 돌았다. 시음할 수 있는 자리가 있었고 소프트아이스크림도 팔았다. 그때 엄마는 차만 마셨다.

엄마랑 나, 둘이 있었다. 그럴 수 있던 적도 있었나 보다. 까맣게 잊어버리고 있었다. 문방구 앞쪽의 반투명한 유리에는 빛이 바래 갈색으로 변한 〈아시타마치 곤페이토 상점가 지도〉가 여전히 붙어 있었다. 그 지도에는 찻집이 아직 남아 있었다. 그곳은 지금 빨래방이 되었다. 멈춰 서서 지도를 보다가 이상한 가게를 발견했다. '보관가게 사토'라고 적혀 있었다.

보관가게라니 뭘까? 생각하며 조금 걷다 보니 쪽빛 포렴이 보였다. '사토'라고 적혀 있는 걸 보니 여기인가 보다.

나무로 된 낡은 집이었다. 가게는 보통 무엇을 파는지 알 수 있다. 물건을 팔지 않더라도 머리를 자르거나 세탁을 하거나 차를 마시거나, 가게 안에서 어떤 일을 할 수 있는지 알아볼 수 있게 간판에 그려놓는다.

초등학교 2학년 때 사회과 시험에서 '가게는 어떤 식으로 만들어질까요?'라는 문제에 '사람을 모을 수 있게'라고 답했다가 감점을 받았다. 정답은 '물건을 사고팔 수 있게'였다.

제사가 있어서 도쿄에 온 할머니는 "마사미의 답도 틀리지 않았단다" 하고 내 편을 들어주셨다. "미용실도 가게잖니. 사고파는 곳만 가게가 아니야"라고 말해주셨다. 엄마는 "하지만 그렇게 답하면 점수를 못 받잖아요" 하고 반론했다.

보관가게의 유리문은 열려 있었다.

무릎을 살짝 굽히자 포렴 틈으로 내부가 보였다. 가게 안쪽에 한 남자가 앉아 손으로 종이 뭉치를 훑고 있었다. 종이가 너무 큰 나머지 좌식 책상에서 삐져나왔다. 남자는 짧은 머리에 피부는 하얗고 말랐으며 여드름 같은 것도 없어 청결해 보였다. 눈은 어디를 보고 있는지 모르게 초점이 없었다.

날름, 장딴지에 묘한 감촉이 느껴졌다.

"으흑!"

목에서 내 목소리인가 싶을 정도로 괴상한 소리가 났다. 하얀 물체가 내 다리를 빠르게 스치고 지나갔다. 고양이다. 하얀 고양이. 남자가 앉은 높은 마루로 폴짝 올라가더니 이쪽을 보며 흥 하고 코를 울렸다. 파란 눈이 왠지 기분 나쁘게 노려보는 것 같았다. 털도 퍼석퍼석하니 귀여운 맛이 없었다.

"어서 오세요."

남자가 이쪽을 보았다. 마음이 차분해지는 나직한 목소리였다. 유리처럼 투명한 회색 눈동자가 나를 향했다. 나는 그 눈동자에 빨려 들어가듯 자연스레 신발을 벗고 마루로 올라갔다. 손님용 방석은 솜이 빵빵해서 앉으니 편했다.

남자는 좌식 책상 앞에서 일어나 천천히 이동했다. 그리고 내 앞에 앉아 미소를 지었다.

"처음 오셨지요?"

나는 고개를 끄덕이면서 말로도 "네" 하고 대답했다.

남자의 눈이 보이지 않는 것을 알아차렸다. 왠지 모르게 안심됐다. 그래서 무릎을 꿇었던 자세를 풀었다. 바로 편하게 풀지는 않았고 조금씩 편하게 했다. 내 모습을 남에게 보여주는 건 생각보다 스트레스였다.

가게에 이 남자뿐인 걸로 보아 주인인 모양이다.

긴장을 풀고 가게를 둘러보았다. 유리 진열장 안에 크고 아름다운 보석함이 있었다. 그 옆에는 낡은 책이 있었다.《어린 왕자》였다. 할머니가 초등학교 입학 선물로 주신 책이었다. 명작이라고 하고 표지도 예뻤지만 가방이나 귀여운 학용품이나 옷이 아니라 책이라니. 할머니께는 죄송하지만 조금 실망했던 기억이 있다.

저 책을 읽었던가? 내용이 생각나지 않았다. 어디에 두었더라?

"맡기실 물건은 어떤 건가요?"

가게 주인이 다정하게 웃으며 물었다.

나는 가방에서 연필을 꺼내 주인의 무릎 앞에 내려놓았다. 소리와 기척으로 알았는지 주인은 그것을 쥐고 "연필이군요" 하고 말했다.

"그거 보관해주실 수 있나요?"

내가 묻자 "네, 물론이지요"라고 대답했다.

"언제까지 보관해주실 수 있어요?"

"손님이 희망하시는 기간만큼 보관해드립니다."

"희망이요? 며칠이든지요?"

"네. 보관료는 하루에 100엔. 요금은 지금 내시면 됩니다."

100엔이라는 소리에 나는 전철역의 보관함을 떠올렸다.

그 보관함에도 기간이 있을까?

가게 주인이 이어서 설명했다.

"잘 생각해보시고 며칠간 맡길지 정하세요. 약속한 날보다 일찍 찾으러 오셔도 돈은 돌려드리지 않습니다. 약속한 날이 지나도 찾으러 오시지 않을 경우, 보관품은 제 소유가 됩니다."

주인이 가진다고?

기발한 생각이 떠올랐다. 맡기고 찾으러 오지 않으면 된다. 그러면 이 연필과 인연을 끊을 수 있다. 버리진 못하지만 맡기고 잊어버린다면 그렇게 큰 죄는 아닐 테니 할 수 있을 것 같았다. 그런데 몇 가지 걱정거리가 있었다.

"맡긴 물건은 유리 진열장에 넣어두시나요?"

"아니요, 맡은 물건은 안쪽 방에 넣어둡니다. 이 책은 벌써 오래전에 보관 기간이 지나서 이제는 제 것입니다. 옆의 오르골은 보관품이지만 기간이 길기도 하고, 가끔씩 소리를 내게 하는 게 조건이라서 특별히 여기에 넣어둔 거고요."

"그거 보석함이 아니고 오르골이군요?"

"네. 보석은 들어 있지 않아요."

주인의 말투는 듣기 편했다. 선생님처럼 꾸짖는 느낌도 없고 친구처럼 너무 친밀하지도 않고 엄마 아빠처럼 짜증스럽지도 않았다. 주인의 목소리는 상쾌하게 스쳐 지나가 엉겨붙지 않았다. 지나치는 풍경, 그것도 매우 아름다운 풍경 같았다.

나는 유리 진열장에 다가가 오르골을 보았다. 내 콧김 때문에 유리가 보얗게 흐려졌다. 주인에게는 보이지 않으니 부끄럽지 않았다.

"소리를 들어보시겠어요?"

주인은 유리 진열장에서 오르골을 꺼내 바닥에 달린 나사를 돌렸다. 커다란 손으로 끼익, 끼익, 끼익 돌린 뒤 내 앞에 두고 "뚜껑을 열어보세요"라고 말했다.

제법 무게감 있는 뚜껑을 열자 가느다라면서 경쾌한 소리가 울렸다. 소리는 정신이 확 집중될 만큼 맑았고, 멜로디는 다정하면서도 어딘지 모르게 쓸쓸한 분위기를 풍겼다. 마음이 따뜻해지지만 그렇다고 유쾌해지는 것은 아닌 그런 느낌이었다.

그때까지 가게 주인 뒤에 앉아 있던 귀염성 없는 하얀 고양이가 멜로디에 맞춰 다다미에 등을 비비고 이리저리 뒹굴뒹굴 구르기 시작했다. 그 모습이 재미있어서 "후후후" 하고 웃음을 터뜨렸다. 멜로디는 곧 끝났지만 따뜻한 여운이 남았다.

기분이 나아지자 나는 결심했다. 이곳에 맡기기로.

보관 기간은 사흘로 했다. 이대로 가지러 오지 않을 셈이지만 하루 만에 처분하기는 아무래도 꺼려져서 가방에 든 지갑에서 300엔을 꺼내 값을 치렀다. 연필 한 자루에 300엔을 냈더니 죄책감이 사라졌다.

집에 돌아오는 길은 발걸음도 경쾌했다. 가방에 블루 연필이 없다. 겨우 연필 한 자루인데 가방이 가벼워진 것 같았고 마음도 가뿐해졌다.

집에 도착하니 햄버그스테이크 냄새가 났다. 나오키가 좋아하는 음식이다. 가출하지 않길 잘했다. 햄버그스테이크는 나도 좋아한다. 다녀왔다는 말도 하지 않고 내 방으로 들어가 집에서 입는 옷으로 갈아입었다. 가출은 이번이 처음은 아니었다. 종종 집을 나갔지만 결국 그날 안에 돌아오곤 했다. 언젠가는 정말로 가출할 것이다.

옷을 갈아입고 책장을 살폈는데 《어린 왕자》는 없었다.

밥은 엄마와 둘이서 먹었다. 나오키가 잠이 든 덕분이었다. 잘됐다. 느긋하게 먹을 수 있으니까. 아빠는 매일 퇴근이 늦어서 집에서 저녁을 먹지 않는다. 손이 가는 나오키 때문에 아빠는 바쁜 엄마를 배려해 자기 일은 자기가 알아서 한다. 휴일에도 집을 비워 엄마의 부담을 덜어주려고 하는데, 내가 보기에는 역효과다.

"예전에 할머니가 주신 책, 버렸어?"

밥을 먹으며 묻자 엄마는 《어린 왕자》 말이지?" 하고 바로 알아챘다.

"그 책은 나오키 방에 있어."

"나오키 방에? 왜?"

"가끔 읽어주거든. 좋아해, 그 책을."

"나오키가 이해를 해?"

엄마는 젓가락질을 멈추고 한숨을 쉬었다. 그리고 복잡한 표정으로 "이해하지"라고 대답했다.

재미없어.

"나한테 주신 건데."

이렇게 중얼거리자 엄마는 어이없다는 눈빛으로 나를 보았다. 읽지도 않으면서 투정을 부리는 건 억지라고 한마디 하고 싶은가 보다.

"누나는 이해하지 못할 거야."

엄마가 차분하게 말했다. 나는 햄버그스테이크 기름이 목에 걸린 것처럼 기분이 나빠졌다.

"엄마도 처음에는 이해하지 못했거든. 그 책은 어른한테도 어렵고, 어떤 사람은 평생 이해하지 못할 수도 있어."

"어려운 책이야?"

"문장은 쉬워. 의미는 누구나 알 수 있지. 하지만 책의 깊은 곳까지 이해하기는 쉽지 않다는 거야."

"그렇게 어려운 책을 왜 나오키한테 읽어주려고 했어?"

엄마는 젓가락질을 다시 멈추고 웃었다.

"나오키가 읽고 있었어."

"나오키가? 읽을 수 있어?"

"읽는다기보다 가만히 보고 있었어. 집에서는 아니고."

"밖에서?"

엄마가 고개를 끄덕였다.

"나오키가 그 책을 펼치고 얌전히 보고 있었어. 꼭 읽기라도 하는 것처럼."

나는 상상해보았다. 서점에서 나오키가 《어린 왕자》를 읽는 모습을.

말도 안 된다. 서점에 가면 잡지를 찢고 슈퍼에 가면 바나나를 부러뜨린다. 그게 나오키다. 엄마가 점원에게 고개를 숙이며 돈을 내는 모습을 수도 없이 봤다.

"얌전히 있었다고?"

"그래. 얼마나 놀랐는지 몰라. 나오키가 얌전히 있다니. 같은 책이 집에도 있어서 그날부터 읽어주기 시작했어. 삽화가 나올 때마다 자꾸 멈춰서 쭉쭉 진행하진 못하는데 나오키, 읽어주는 동안에는 얌전히 있어."

"흐응."

"너도 읽어보렴. 할머니는 네가 그 책을 읽었으면 해서 사주신 거니까."

"응."

할머니가 나를 생각해서 보내주신 건데 읽지 않아서 아쉬웠다. 나오키가 먼저 읽어서 불만이었다. 할머니는 분명 내가 책을 읽고 감상을 말해주길 기다렸을 것이다. 이제는 읽어도 감상을 말하지 못한다. 그러니 읽고 싶지 않았다.

"할머니, 왜 돌아가셨을까."

내가 불쑥 말하자 엄마의 눈시울이 붉어졌다.

나도 할머니를 좋아했지만 엄마는 훨씬 더 좋아했을 것이다. 왜냐하면 할머니의 딸이니까.

할머니는 석 달 전에 돌아가셨다. 어려서부터 몸이 약해 열 살까지 살기도 어렵다는 소리를 들었는데 일흔 살까지 살다니 기적이라고 종종 말씀하셨다.

가마쿠라에 있는 할머니 댁에서 장례식을 치렀는데 나는 독감에 걸리는 바람에 혼자 집을 지켜야 했다. 나오키가 없어서 조용한 건 좋았는데 너무 조용해서 괜히 불안했다. 천장을 올려다보며 꾸벅꾸벅 졸던 나는 할머니가 유령이 되어 돌보러 와주길 기대했지만 결국 오시지 않았다. 장례식에 가지 못한 나는 할머니가 여전히 살아서 그 집에 계신 것 같다. 바다가 보이는 그 집에 지금도 계신다.

연필을 훔친 이유도 그것이 태평양과 같은 색이어서가 아니었을까?

엄마는 울음 섞인 목소리로 말했다.

"할머니는 누나랑 나오키 안에 계신단다."

"나랑 나오키 안에? 얼굴은 별로 안 닮았는데."

"너희 이름은 할머니가 지어주셨거든. 마사미正実와 나오키直樹. 할머니가 소중하게 여기는 '정직正直'의 한자가 하나씩 들어가 있잖니?"

움찔했다.

내 이름, 할머니가 지어주셨구나. 그런 줄도 모르고 예전에 할머니에게 이름이 촌스러워서 싫다는 소리를 했다.

할머니는 정직을 소중히 여겼다. "진실을 굽히면 세상이 복잡해진단다"라고 말씀하셨다. "올곧게, 있는 그대로가 좋아"라고도 말씀하셨다.

"거짓말을 한 적은 없어요?"

내 물음에 할머니는 뜻밖에도 "있지"라고 대답하셨다.

"거짓말을 꼭 해야 할 때도 있단다. 하지만 그건 나를 지키는 거짓말이 아니라 다른 사람을 지키기 위한 거짓말이어야 해."

할머니는 말씀하시며 웃었다.

명치가 다시 쿵쿵 뛰었다. 분명 300엔을 내고 없앤 죄책감이 되살아났다. 훔쳤다고 고백하고 돌려주자. 그게 정직한 사람이 할 행동이다.

그날 밤은 좀처럼 잠을 이루지 못했다. 아침까지 잠을 못 자면 학교를 쉬려고 했는데 새벽 무렵 참새 소리를 듣다가 잠이 들어버려서 어쩔 수 없이 학교에 갔다.

그날 나는 정직해지지 못했다. 정직해지기까지 사흘이 걸렸다. 나는 오다에게 가까스로 말을 걸었다.

"블루 연필, 잃어버렸지?"

점심을 먹고 복도로 나간 오다에게 쫓아가서 속삭였다.

오다가 뒤를 돌아 나를 보았다. 블루 눈동자. 그 연필과 잘 어울리는 눈동자였다.

"내가"까지 말하고 말을 잇지 못했다. 이런 곳에서 울 순 없다. 복도에서 울음을 터뜨렸다가는 일이 커질 테고, 그러면 간신히 들어간 그룹은 물론이고 지금까지의 학교생활도 엉망진창이 된다.

그때 오다가 갑자기 내 손을 붙잡더니 잡아당겼다. 나는 그저 이끌리는 대로 따라 걸었다. 오다는 막다른 곳까지 와서야 내 손을 놓아주었다. 주변에 아무도 없었다. 신기하게도 울고 싶은 마음이 진정되었다.

"어디에 있는데? 보여줄 수 있나?"

오다의 말투에는 간사이 사투리가 섞여 있었다. 처음 전학 와서 인사할 때는 어땠더라. 금발과 파란 눈동자와 간사이 사투리라니. 전혀 어울리지 않았다. 게다가 오다, 홋카이도에서 왔다고 하지 않았나.

"지금은 없어. 하지만 내일 돌려줄게. 반드시."

"집에 가지고 간 거가?"

파란 눈동자가 나를 빤히 보았다. 간사이 사투리 때문일까? 어쩐지 나를 탓하는 느낌은 없었다.

"보관가게에…."

"보관가게가 뭐고?"

"보관가게에 보관해달라고 했어."

"무슨 소리야? 전혀 모르겠다."

오다는 외국인처럼 어깨를 으쓱였다. 간사이 사투리와 외국인 같은 제스처가 심각할 정도로 안 어울려서 꼭 개그 프로그램을 보는 것처럼 웃겼다.

"상점가에 있는 가게야. 오늘 들러서 받아 올 거야. 내일 반드시 돌려줄게."

"나도 갈래. 같이 가도 되나?"

놀랐다. 놀라서 "괜찮지"라고 말해버렸다.

"고맙다."

오다가 웃었다.

연필을 훔친 나한테 고맙다고 했다. 내가 훔쳤다는 걸 알긴 하나? 그보다 나, 사과했던가?

"그럼 이따 보자."

오다는 빙그르르 돌아 통통 튀듯이 걸어갔다. 마치 친한 친구끼리 놀러 가기로 약속한 듯했다.

나는 혼이 쏙 빠져서 교실로 돌아왔다. 아야카가 유리에의 머리를 묶어주는 중이었다. 옆에서 무쓰미가 재잘거리고 있었다. 내가 자리에 앉자 셋은 이야기를 멈췄다. 연필을 훔친 뒤로 거북해서 대화를 나누지 않았다. 따돌림이나 괴롭힘 같은 분위기는 아니다. 서로 눈치를 살피다가 어색해졌을 뿐이다.

그나저나 오다와 어떻게 만나야 하지? 오후 수업 내내 고민했지만 좋은 생각이 나지 않았다. 수업이 끝나자 오다는 내게 또박또박 걸어와 "가자" 하고 말했다. 오다는 눈에 띈다.

교실의 여자애들 전부 이쪽을 쳐다봤을 것이다.

유리에는 이쪽을 보지 않았다. 그래도 뒤를 의식하는 것이 분명했다.

나는 아무 말 없이 오다와 함께 교실을 나갔다. 친구들에게 "안녕"이라는 인사나 먼저 간다는 말도 하지 않고. 이제 저 그룹으로 돌아가지 못하겠지. 그래도 오다의 활기찬 발걸음에 맞춰 걷다 보니 불안감이 사라져서 기분이 상쾌했다.

오다는 럭비공처럼 볼록한 형태의 가죽가방을 비스듬하게 메고 있었다. 그 갈색 가방은 걸을 때마다 데굴데굴 흔들렸다.

"그냥 조금 보기만 할 생각이었어."

나는 걸으면서 오다에게 변명했다.

"바로 돌려주려고 했는데 말을 꺼내기 힘들어서."

오다는 말없이 걸었다. 불현듯 반드시 말해둬야 할 사항이 떠올랐다.

"조금 상처가 생겼는데."

"상처?"

오다가 나를 보았다. 푸른 눈동자가 반짝 빛났다.

"남동생이 깨물어서 잇자국이 났어. 조금이지만."

"아까부터 자꾸 조금이라고 하는데, 그거 말버릇인가?"

"아니, 그건 아니고."

"상처가 났다고."

오다의 표정이 어두워졌다.

"미안해. 그거랑 같은 거, 어디서 파니? 내가 꼭 변상할게."

"어, 강이다!"

오다가 갑자기 소리를 지르며 뛰어가더니 가방을 울타리 너머로 던졌다. 멋진 갈색 가방이 강변 풀숲을 데굴데굴 굴러갔다. 저러다가는 강에 빠진다.

"안 돼!"

오다는 울타리에 양손을 걸치고 마치 올림픽 남자 체조경기의 그 뭐더라, 그래, 안마 기술처럼 가볍게 뛰어넘더니 강변으로 내려가면서 가방을 쫓았다. 간신히 주워 들고는 "세이프!"라고 외치며 이쪽을 보고 환하게 웃었다.

"거기 들어가면 안 돼."

"엥? 진짜가?"

오다는 주변을 이리저리 살폈다.

"금지라는 얘기는 없다."

웃으며 내게도 들어오라고 손짓했다.

나는 지금까지 울타리 너머로 들어가면 안 된다고 생각했다. 들어갈 마음도 없었다. 그런데 오다가 가뿐하게 뛰어넘자 나도 넘어보고 싶어졌다. 오다처럼은 못 해도 발을 걸치니 쉬웠다.

강이 가까이에서 흘러 물소리가 평소보다 크게 들렸다. 처음에는 불안했는데 울타리 너머 제대로 된 길을 걸어가는 사람들은 우리를 나무라지 않았다. 그냥 관심도 없는 것 같았다. 나는 왠지 기분이 좋아서 오다와 키득키득 웃으며 걸었다.

"그 가방, 멋있다."

그러자 오다가 "바꿀까?" 하고 말했다. 내가 화들짝 놀라자 "보관가게에 갈 때까지"라며 웃었다.

오다의 가방을 어깨에 메니 굴러다니는 부분이 골반에 닿아 안정감이 없었다. 비스듬하게 메니 조금 나았다.

"들기 불편하지."

오다가 이해한다며 말했다.

"야마시타 거는 좋다."

내 가방을 칭찬하다니. 다들 들고 다니는 군청색 합성피혁 가방이다. 그런데 오다가 들자 멋진 가방처럼 보여서 신기했다.

울타리를 뛰어넘고 점심시간에 혼자 있고 머리는 금색이고. 오다는 뭐든 다 특별했다.

"이건 뭐고?"

오다가 내 가방 손잡이에 달린 작은 주머니를 쥐고 물었다.

"그건 부적이야."

"어디에서 파는데?"

"파는 거 아니야. 할머니가 만들어 주셨어."

오래된 기모노로 만들어 주신 물방울 모양 부적이다. 재질은 비단이고 진한 보라색 바탕에 작고 하얀 꽃잎이 새겨져 있다. 초등학교에 들어가기 전에 받았는데 가방에 달기 부끄러워서 쭉 서랍에 넣어두었다. 할머니가 돌아가신 후에 생각이 나서 달고 다니기 시작했다.

오다는 내게서 데굴데굴 가방을 받아 가더니 잔디 위에 내용물을 꺼내놓았다. 교과서와 노트 외에 세련된 필통과 자수 손수건, 새빨간 수첩, 접이식 은색 빗, 체크무늬 천 커버를 씌운 문고본 책이 나왔다.

"혹시 갖고 싶은 거 있나?"

오다가 진지한 눈빛으로 물었다.

나한테 준다는 건가? 전부 멋있어서 시선을 빼앗겼다. 잠자코 있자 오다는 "이건 어때?"라며 필통을 들어 내게 내밀었다.

로즈핑크에 가죽. 꽃무늬가 예쁘다. 이런 고가품을 집에 가지고 갔다간 엄마에게 혼날 것이다.

오다는 진지하게 "부적이랑 바꾸지 않을래?" 하고 제안했다.

나는 고개를 저었다.

"안 되겠나?"

푸른 눈동자가 내 얼굴을 빤히 들여다보았다. 할머니 집에서 보이는 바다와 같은 블루다. 제대로 보이기나 할까? 마치 유리 같다. 보는 각도에 따라 색이 달라 보이는 점도 바다와 비슷했다. 푸른 눈동자를 마주하자 파란 연필을 훔친 사실이 떠올랐다.

나는 가방에서 부적을 떼어내 오다의 소지품이 놓인 곳에 내려놓았다.

"교환은 안 해. 줄게."

오다의 표정에 놀라움이 번졌다.

"내가 가져도 된다고?"

"응."

"고맙다."

오다는 부적을 소중하게 손에 들었다. 그다지 좋아하지 않았던 부적 주머니인데 오다의 손에 들리자 갑자기 소중한 것처럼 느껴져서 쓸쓸했다.

"오다는 홋카이도에서 왔는데 왜 간사이 사투리를 써?"

"홋카이도래도 오타루에 겨우 한 달 있었다. 진짜 잠깐 있어서 그쪽 사투리는 못 쓴다. 나 표준어도 할 수 있어"라며 별안간 표준어를 썼다. "야마가타 사투리, 하카타 사투리, 프랑스어도 할 수 있고"라고 표준어로 또박또박 말했다.

"대단하다."

내가 감탄하자 다시 간사이 사투리로 돌아와 "주특기걸랑" 하고 말했다.

"역시 간사이 사투리가 좋다."

"그렇지."

오다가 웃었다.

"어딜 가든 간사이 사투리면 잘 먹힌다."

어딘지 어른스러운 말투였다.

"슬슬 갈까."

오다는 자기 물건을 가방에 넣었다. 내가 준 부적도 같이 넣었다. 그리고 자신이 들었다. 바꿔 들기는 이제 끝. 갖고 싶던 멋진 물건들이 눈앞에서 사라져 아쉬우면서도 마음이 편해졌다.

보관가게에 도착하니 가게 주인은 사흘 전과 마찬가지로 좌식 책상 앞에 앉아 점자책을 읽고 있었다. 우리가 온 걸 금방 깨닫고 "어서 오세요" 하고 미소를 지었다.

"사흘 전에 연필을 맡겼는데요."

내가 말하자 주인은 "오다 양이군요" 하고 바로 알아차렸다.

나는 깜짝 놀랐다. 오다도 놀랐다.

주인은 "지금 물건을 가져올 테니 올라와서 기다려주세요. 두 분 모두"라고 말하고 안으로 사라졌다.

오다가 불안한 눈빛으로 나를 보았다.

"나를 어떻게 알지? 여기 처음 오는데."

나는 어떻게 설명하면 좋을지 몰라 당황했다. 주인은 오다를 아는 것이 아니다. 나를 '오다 양'이라고 부른 거다. 깜박했다. 사흘 전에 주인이 이름을 물었을 때 나도 모르게 "오다요"라고 대답해버렸다. 남의 물건을 훔친 죄책감 때문에 내 이름을 밝히기 두려웠다. 어쩌지, 어쩌지.

"저거 점자책인가? 눈이 안 보이나 보네. 안 보이는데 두 사람이 온 줄 어떻게 알았을까? 마법사 같구만."

오다는 재미있는지 생글생글 웃고 있었다. 이름을 멋대로 쓴 건 입 다물고 있어야겠다. 주인은 아마 발소리를 듣고 두 사람인 줄 알았을 테지만 "마법이 아니라 초능력 아닐까?" 하고 둘러댔다. 자꾸만 거짓말쟁이가 되어간다.

오다가 먼저 신발을 벗고 올라갔다. 나도 따라서 올라갔다. 오늘은 하얀 고양이가 없었다. 유리 진열장에는 여전히 오르골과 《어린 왕자》가 나란히 놓여 있었다. 나는 화제를 바꿨다.

"예전에 저거랑 같은 책을 할머니가 사 주셨는데 남동생한테 빼앗겼지 뭐야. 그래서 못 읽었어."

오다는 "흐응" 하고 대답하며 유리 진열장을 들여다보았다.

가게 주인이 돌아왔다. 우리 앞에 앉더니 블루 연필을 내밀고 "이거 맞지요?" 하고 확인했다. 옆에 앉은 오다가 손을 뻗어 연필을 들었다. 꼭 붙잡고 차분히 살펴보았다. 소중한 것인가 보다. 당장에라도 집어삼킬 듯한 표정으로 뜯어보고 있었다. 누가 선물해준 것일 수도 있다. 너무 소중해서 깎지 않았는지도 모른다. 그리고 나는 그걸 훔쳤다.

어쨌든 무사히 돌려주었다. 잇자국 문제도 사과했고. 내일부터 학교생활은 우울하겠지만 이 연필에 얽힌 일은 **끝났다고** 생각해도 괜찮을 것이다.

"그만 가자."

그런데 그때 오다가 가게 주인에게 말을 걸었다.

"나도 맡겨도 되나요?"

"네, 물론이죠."

대체 뭘 맡기려나 싶어 지켜보는데 오다가 손에 쥔 연필을 가게 주인의 손바닥 위로 돌려놓았다.

"이걸 보관해주세요."

깜짝이야. 어째서? 간신히 되찾은 연필을 왜 다시 여기에 맡기려는 건데?

"하루에 100엔입니다."

가게 주인이 말했다.

오다의 가방에 지갑은 없었다. 교칙상 학교에는 돈을 가지고 오지 못한다.

"돈은 내일 가져와도 될까요? 보관 기간도 내일 정할게요."

오다가 말했다.

주인은 승낙하고 오다에게 이름을 물었다.

가슴이 덜컹 내려앉았다. 오다는 의아한 표정을 지었다. 알면서 왜 묻는지 모르겠다는 표정으로 고개를 갸웃거렸다. 나는 오다의 귀에 속삭였다.

"물건을 맡을 때 이름을 확인하는 거야. 그게 절차니까."

오다는 큰 소리로 "오다 퍼트리샤!"라고 말했다.

주인은 눈썹 하나 까딱하지 않고 "그럼 보관해드리겠습니다"라고 대답했다. 자매라고 생각했을지도 모른다. 가게 주인은 오다의 금발도 푸른 눈도 보지 못한다. 오다와 내가 자매라고 해도 의심하지 않을 것이다.

이리하여 블루 연필은 다시 보관가게에 맡겨지게 되었다.

나는 오다와 말없이 상점가 거리를 걸었다.

연필을 돌려주려고 데려왔는데, 이제 끝이라고 생각했는데 다시 맡겨버리다니. 이유를 몰라 영 개운치 않았다. 훔친 건 나고 도둑질은 당연히 나쁜 행동이지만 나는 불쾌했고 조금 화도 났다.

갈림길에서 나는 "우리 집은 이쪽이야"라고 말했다.

오다가 멈춰 섰다. 할 말이 있는 표정으로 나를 보았다. 내가 오다의 이름을 쓴 걸 들켰나? 가슴이 쿵쿵 뛰고 토할 것 같았다.

오다가 무슨 생각인지 모르겠는 표정으로 말했다.

"그 연필, 나도 훔친 거다."

두근거림이 멈췄다. 심장까지 멈춰버릴 정도로 놀랐다.

"누구한테서? 언제?"

"네 앞자리에 앉은 애."

윤기 흐르는 긴 머리가 머릿속에 떠올랐다.

"유리에?"

"이름은 모르는데."

오다가 나를 바라보면서 말했다. 그 눈빛이 '진짜야, 나는 진실을 이야기했어'라고 호소하는 것 같았다. '너는 말 안 할 거가? 내 이름을 빌려 썼다고 말 안 하나?'라고 재촉하고 있었다.

오다는 빙그르르 돌더니 뛰어갔다.

그거 유리에의 연필이었어?

무슨 소리지?

오다가 내 거짓말을 눈치챈 걸까?

정말로 어떻게 된 영문인지 모르겠다.

귀에서 이명이 들렸다. 그리고 머리가 아팠다. 욱신욱신 아프다가 쿡쿡 쑤시기 시작했다.

그날 밤, 열이 났다. 엄마가 이마에 올려준 차가운 수건은 금방 미지근해졌다. 다음 날, 열은 내렸지만 기침이 가라앉지 않았다. 식욕도 전혀 없었다. 엄마가 낫는 게 먼저라고 해서 학교를 쉬었다. 나오키가 시끄러워서 집에 있어도 쉴 수 없지만 어쩔 수 없었다. 이어서 연휴가 시작됐고 학교에는 2주가 지난 후에야 돌아갔다.

유리에가 "괜찮니? 걱정했어"라고 다정하게 말을 걸고 노트도 복사해주었다. 아야카와 무쓰미도 "감기가 진짜 심했나 보다"라며 걱정해주었다.

"소풍 그룹, 우리가 멋대로 정했어."

유리에가 웃었다.

그룹이 나를 따뜻하게 반겨준 것에 안심했는가 하면, 솔직히 그럴 상황이 아니었다.

교실 정중앙 자리가 비었다. 오다가 전학을 가버렸다. 내가 학교에 돌아오기 이틀 전에.

단둘이 있을 때 유리에가 "사실 계속 사과하고 싶었어"라고 말을 꺼냈다.

"사촌이 선물해준 연필을 잃어버렸거든. 체코에서 산 귀여운 연필. 오다의 필통에 있던 연필이 그거랑 비슷해서 신경이 쓰였어. 확인하고 싶었는데 네가 나 때문에 그런 일을 하다니, 미안해. 만약 내 게 아니면 오다한테 미안하니까, 도중에 겁이 나서 그때 연필을 받지 않은 거야. 사과하려고 했는데 네가 아파서 쉬는 바람에. 계속 마음에 걸렸어."

"그랬구나."

"연필은 찾았어. 분실물 상자에 들어 있었어. 조금 상처가 나긴 했지만. 그러니까 정말로 내 착각이었어. 그 연필, 오다한테 돌려줬니?"

"응, 돌려줬어."

"그렇구나, 고마워."

유리에가 필통을 열었다. 블루 연필은 잘 깎인 상태로 들어 있었다.

"아까워서 깎지 않았는데 안 쓰면 더 아까우니까 깎았어."

유리에가 연필을 들고 웃었다.

연필 끄트머리에 작은 잇자국이 있었다. 그래도 내겐 전혀 다른 연필로 보였다.

방과 후 보관가게에 갔다. 주인은 먼저 온 손님을 상대하고 있었다. 손님이 있다니, 놀라웠다. 손님이 없으면 가게를 꾸려가지 못하니 당연히 있어야 하지만 놀라웠다.

엄마 정도 나이의 여성이 하얀 보자기에 싸인 것을 소중하게 안고 나갔다. 유골함처럼 보였다. 저런 것까지 맡기다니 신기했다.

"안녕하세요."

인사를 건네자 주인은 목소리로 알아차렸는지 "오다 양이군요" 하고 이름을 불렀다.

내가 한 거짓말의 흔적에 풀이 죽었다.

"오다가 아니에요. 저 사실은 야마시타 마사미라고 해요."

주인은 잠깐 입을 다물었다. 그리고 알겠다는 듯이 고개를 끄덕였다.

"잠시 기다려주세요. 오다 양이 야마시타 양에게 전해달라는 조건으로 보관한 물건이 있습니다."

"네?"

"야마시타 마사미 양이 오면 전해달라고 하셨어요."

"저한테요?"

"네. 지금 가져올 테니 기다려주세요."

가게 주인이 안쪽으로 사라졌다.

나는 할머니가 주신 그 부적 주머니라고 짐작했다.

마사미가 좋아하는 할머니. 마사미에게 전해달라고 했으니 할머니의 부적 주머니가 돌아올 것이다. 분명 그럴 것이다. 할머니는 이제 안 계신다. 남겨주신 것을 소중히 여기고 싶다. 부적을 오다에게 주고 나서 후회했기 때문에 안심했다.

신발을 벗고 방석에 앉아 가게 주인을 기다렸다. 유리 진열장에는 여전히 오르골과 《어린 왕자》가 들어 있었다. 살짝 열어보고 싶은 충동을 느꼈다.

손을 뻗으려는데 허벅지 위로 묵직한 무게감이 느껴졌다. 고양이였다. 그 하얀 고양이가 내 허벅지를 짓밟고 지나갔다. 작은 발에 체중이 전부 실려 제법 아팠다. 화가 나서 "저리 가" 하고 쫓았다.

"사장님이 실례되는 행동을 했나요?"

주인이 안에서 나와 내 앞에 앉았다.

"사장님이요?"

"고양이의 이름입니다."

얄미운 고양이는 주인 무릎에 올라가 동그랗게 몸을 말았다. 저 시건방진 태도는 이름 때문인가 보다. 이름이 미치는 영향이 크다고 들었다. 내 이름은 올바르게 여문다는 뜻이지만 내가 올바로 자랐다고 자신하진 못하겠다. 이 이름은 할머니가 나에게 낸 숙제다.

"이걸 맡았습니다."

주인이 들고 온 건 부적이 아니라 체크무늬 천 커버를 씌운 문고본 책이었다.

"오다가 이걸 저한테요?"

"네."

문고본을 펼쳤는데 외국어였다. 이상한 삽화도 있었다. 의미를 모르겠다. 나는 조금 실망했다.

오다는 할머니의 유품을 가지고 사라졌다. 내가 줬으니 돌려받지 못해도 어쩔 수 없지만.

연필을 훔친 일부터 시작해 후회만 하고 있다. 행동하기 전에 '후회할 겁니다' 하고 알려주는 알람 장치가 있으면 좋으련만.

"오다가 얼마를 냈어요? 제가 여기 언제 또 올지 몰랐을 텐데. 보관 기간이 며칠이었어요?"

주인은 희미하게 웃으며 고개를 저었다. 그런 정보는 알려줄 수 없나 보다. 오다니까 내일 돈을 내겠다고 하고 그냥 두고 가버렸을지도 모른다. 주인은 사람이 좋아 보이는데 공짜로 맡아준 거면 어쩌지.

이 가게 주인은 **편하게 기대도 괜찮은** 어른인 것 같다. 기대고서 잊어버려도 마음에 두지 않을 것 같다.

돌아가자.

"안녕히 계세요."

작게 중얼거렸는데 주인은 귀가 좋은지 바로 알아듣고 "조심히 가세요"라고 인사해주었다.

또 훔쳤다.

이번에는 지포 라이터. 그는 담배를 피우지 않는다. 이 라이터는 그의 아버지가 남긴 유품이다. 광택 없는 실버. K라고 이니셜이 새겨져 있다.

"지포 라이터는 화력이 안정적이어서 바람이 조금 불어도 안 꺼져."

불을 보여주면서 "캠핑하러 가서 쓰면 편리하겠지"라고 자랑했지만 그는 캠핑을 다니지 않는다. 그냥 가지고만 있어도 안심하는 부적이었다.

그걸 훔쳤다.

그가 생각보다 마음에 들었지만 어차피 오래 만나지는 못할 터였다. '내 수중에 뭔가를 남겨야 해'라는 충동에 사로잡혀 지포 라이터를 주머니에 넣어버렸다. 그가 돌아간 후 혼자 집에서 라이터 불을 보고 있으니 후회보다 만족감이 더 컸다.

문득 그 전학생이 떠올랐다. 금발에 눈이 파랗던 소녀. 이름이 뭐였더라. 독특한 이름이었는데. 아무튼 그 애의 심리를 이제야 알 것 같다. 전학을 자주 다녔으니 불안했을 것이다. 마음에 든 사람의 물건을 하나라도 가지면 앞으로 나아갈 수 있다. 그걸 소유하면 그곳에서의 추억도 자신도 사라지지 않고 남는다. 그래서 학교에서 제일 예뻤던 유리에의 연필을 훔쳤겠지.

그로부터 20년이 지났다. 유리에의 이름은 생각나는데 전학생의 이름은 잊어버렸다. 아주 잠깐 있었던 바람 같은 아이였다.

아마 그 애는 어딜 가든 물건을 훔쳤을 것이다. 멋있는 필통도 가방도 전부 훔친 것이다. 내가 부적을 주니까 유리에의 연필이 필요 없어져서 분실물 상자에 살그머니 넣어뒀겠지.

지금 나는 가마쿠라에 산다.

바다가 보이는 패밀리 레스토랑에서 점장으로 일하며 할머니가 사시던 60년 된 집에 혼자 살고 있다. 정원에는 후유미 님이 있고 하늘에는 목 군이 있다. 할머니가 이름을 붙였는데 이제 할머니는 안 계신다.

이곳에 살아보니 태평양의 색은 하나가 아니었다. 초록일 때도 있고 물빛일 때도 있고 회색일 때도 있다. 어려서 놀러 왔을 때는 언제나 아름다운 블루였는데. 내 기억이 잘못된 걸까.

20년 동안 우리 집에는 많은 일이 있었다.

우선 아빠가 집을 나갔다. 내가 고등학생일 때였다. 엄마가 나오키 곁에만 붙어 있어서 쓸쓸했을 것이다.

엄마가 일하러 나가야 해서 나오키는 시설에 들어갔다. 그래도 엄마는 휴일마다 꼭 만나러 가서 나오키 곁에 붙어 있는다. 나는 고등학교를 졸업하고 집을 나와 할머니 집에서 살기 시작했다. 이런저런 아르바이트를 하다가 10년 전에 이 패밀리 레스토랑에 정착했다.

솔직히 말해 나는 나오키에게서 도망쳤다. 아빠와 똑같다. 나오키는 열여덟 살이면 시설에서 나온다. 그런 뒤 집으로 돌아온다. 그 전에 집에서 나오고 싶었다.

누나를 그만두면 편해질 줄 알았는데 예상했던 대로 정말 편해졌다. 그리고 편하다고 해서 꼭 즐겁지만은 않다는 것도 알게 되었다. 생각보다 빨리, 겨우 한 달이 지나서 알았다. 처음 한 달은 신이 났는데 곧 시들해졌다. 한자에 속은 기분이

었다. 편한 것과 즐거운 것은 전혀 달랐다. 한자는 똑같이 '락
楽'을 쓰는데. 한자도 달라야 한다.[*]

시들해지니 불안해서 이 남자 저 남자를 만났지만 오래
사귀지는 못했다. 지금 만나는 그는 패밀리 레스토랑에 채소
를 납품하는 농가의 차남이다. 차남인데 가업을 이었다. 장남
은 도쿄에서 회사에 다닌다고 했다.

그가 문자를 보냈다.

'라이터가 없는데 너희 집에 두고 왔나?'

나는 불을 보며 잠시 기다렸다가 답장을 보냈다.

'안 보이는데 찾아볼게.'

엄마와 나오키가 패밀리 레스토랑에 왔다.

한 달에 한 번, 엄마는 나오키를 데리고 우리 레스토랑에
점심을 먹으러 온다. 나는 이날을 기대한다. 가끔 가족으로
보내는 시간도 즐겁다.

가게의 다른 직원들도 이해해줘서 나는 이 시간만큼은 사
복을 입고 같이 점심을 먹는다. 가게 매출에 공헌하려고 제일
비싼 것을 주문한다. 나오키는 여전히 햄버그스테이크지만.

---

[*] 일본어로 '편하다'는 '楽だ', '즐겁다'는 '楽しい'다.

요즘 배가 나와서 걱정이라는 엄마는 건강 메뉴를 먹으며 웃었다.

"여기 채소는 언제 먹어도 맛있구나."

"이 지역에서 생산하는 채소를 쓰거든. 전국 체인이지만 채소만큼은 그 지역의 것을 쓰는 게 본사 방침이야."

"패밀리 레스토랑도 무시할 게 아니네."

"엄마 마음대로 무시하지 마."

엄마는 교원자격증이 있어서 이혼하고 바로 아동복지시설에 취직했다.

"누나도 대학에 가면 좋을 거야."

엄마가 대학에 들어가라고 집요하게 권유했지만 나는 공부가 싫었고 조금이라도 빨리 집에서 나오고 싶었다. **누나**를 그만두고 싶었다. 엄마는 지금도 나를 '누나'라고 부른다. 나오키처럼 이름으로 불리고 싶었다.

엄마가 음식을 다 먹고 말했다.

"니시자와 씨, 결혼하게 돼서 일을 그만둘 거야."

니시자와 씨는 집에 와주는 도우미로 사회복지사 자격증을 갖고 있다. 엄마가 일하는 동안 집에 와서 나오키를 돌봐준다. 나는 만난 적이 없다. 좋은 사람이라고 듣긴 했는데 결혼이라니 놀랐다. 니시자와 씨는 손자도 있고 환갑이 넘었다고 들었다. 남편이 일찍 세상을 떠나 시간이 여유로워서 융통성 있게 일을 부탁할 수 있다고 했다.

"황혼 결혼이네. 상대는 어떤 사람인데?"

"시 짓기 모임에서 만났대. 연애결혼이라고 들었어."

"요즘 세상에 결혼한다고 일을 그만두다니. 여성의 사회 진출을 이해하지 못하는 할아버지인가 봐."

"돌봄이 필요하대."

"…아."

'고생한 사람일수록 다른 사람을 잘 이해한다'는 말이 있는데 꼭 그렇지도 않다. 나는 머릿속에 '고생하는 나'만 있다.

"뭐든 결혼 선물을 해줘야지."

엄마는 기뻐 보였지만 나는 걱정이었다.

"니시자와 씨 다음으로 올 사람을 구할 수 있겠어?"

"어려울걸. 그렇게 좋은 사람은 없을 테니까. 좋은 기회라고 생각해. 도우미한테 부탁하는 건 그만두고 내가 해보려고."

"힘들지 않겠어?"

나오키는 우리 대화가 들리지 않는지 햄버그를 먹느라 정신이 없었다.

어려선 나오키와 함께 하는 외식은 상상조차 사치였다. 그래서 나는 긴 세월 동안 패밀리 레스토랑을 동경했고, 지금 여기에서 일하는 것도 어떻게 보면 꿈을 실현한 거나 마찬가지다. 일을 시작하고 얼마 지나지도 않았는데 엄마가 나오키를 데리고 오겠다고 했을 때는 솔직히 진절머리가 났지만, 예상과 달리 나오키는 얌전히 밥을 먹었다.

"괜찮아. 퇴직하면 한가해질 테고 나오키도 차분해졌으니까."

엄마 입에서 퇴직이라는 말이 나와 조금 동요했다. 벌써 그런 나이가 됐구나.

"내가 아직 건강할 때 앞으로 나오키가 살길을 준비해두고 싶어."

얼굴이 굳는 것이 느껴졌다.

"우리는 걱정하지 않아도 돼. 너는 여기에서 잘 살아야지."

엄마는 내 기분을 살피며 다른 이야기를 꺼냈다.

"맞다, 이번에 집을 정리하다가 이런 게 나왔는데 네 거 아니니?"

엄마가 가방을 뒤지더니 뭔가를 테이블에 내려놓았다. 체크무늬 천 커버를 씌운 문고본 책이었다.

중학생 때 그 전학생이 나를 위해 보관가게에 맡긴 책이다.

그리운 마음에 손에 들고 팔랑팔랑 페이지를 넘겼다. 결국 읽지 않았다. 받고 바로 읽어보려 했는데 영어가 아니라

프랑스어여서 포기했다.

엄마가 물을 마시며 말했다.

"너도 참 청개구리야. 할머니가 주신 책은 안 읽고 원서로 읽다니."

놀라서 천 커버를 벗기니 《Le Petit Prince》라고 적혀 있었다. 그리고 내 기억 속의 그 책과 똑같은 어린 왕자 일러스트가!

이거, 《어린 왕자》였어?

생각났다. 보관가게의 유리 진열장을 보면서 전학생에게 말했었다. 《어린 왕자》를 남동생에게 빼앗겼다고.

그 애는 그래서 이걸 내게 준 걸까?

금발에 파란 눈동자. 얼굴도 잘 생각나지 않고 이름도 잊어버렸다. 그 아이는 지금 어디에서 어떤 인생을 살고 있을까.

"엄마, 나 이 책 안 읽었어."

"그래?"

"프랑스어란 말이야. 이게 《어린 왕자》인 줄도 몰랐어. 이렇게 이상한 삽화가 그려진 책이었구나."

그러자 엄마가 황당하다는 눈빛으로 나를 보았다.

"너, 할머니가 주신 《어린 왕자》를 펴보지도 않았니? 삽화를 보면 바로 알았을 거다, 같은 책인 거."

"이거 뭐야, 모자 그림이야?"

"코끼리를 삼킨 보아뱀이야."

갑자기 나오키가 말했다.

"레옹 베르트에게. 이 책을 어른에게 바친 것에 대해 나는."

나오키가 계속 말했다. 접시를 깨끗이 비웠고 나이프와 포크도 가지런히 내려놓았다.

"왜 그래, 나오키? 무슨 소리를 하는 거야?"

"시작이네. 한번 시작하면 길어. 책을 끝까지 다 암송한다니까."

엄마가 웃었다.

나오키는 주변에 피해를 주지 않을 정도의 작은 목소리로 《어린 왕자》를 암송하기 시작했다. 나는 읽지 않아서 정확한지 아닌지 모른다. 전부 정확하다면 대단한 기억력이다.

"엄마가 읽어줘서 몸으로 습득했나 봐."

내 말에 엄마는 뿌듯한 표정으로 웃었다.

"나오키가 직접 선택한 책이니까. 좋아해, 이 이야기."

"맞다, 서점에 가면 맨날 책을 찢던 나오키가 이 《어린 왕자》는 얌전하게 보고 있었다고 했지."

엄마가 고개를 저었다.

"서점이 아니야. 사실은 다른 곳에 나오키를 잠깐 맡긴 적이 있어. 데리러 갔을 때 이 책을 손에 들고 있더구나. 소란을 피우지도 않고 책을 보고 있었어. 꼭 읽는 것처럼. 순간 나오키가 평범해진 줄 알았어."

엄마가 '평범'이라는 단어를 사용했다. 내가 쓰면 늘 혼났던 평범이라는 단어를.

"그런데 아니었어. 옆에서 읽어주는 사람이 있었어. 나오키는 삽화를 들여다보면서 페이지를 넘기고 있었는데, 이야기를 외운 그 사람이 나직하게 들려주는 거였어. 그때 엄마, 실은 나오키가 평범한 아이이길 바랐다는 걸 깨닫고 얼마나 놀랐는지 몰라."

"평범한 게 좋다고 생각하는 건 어쩔 수 없어."

"평범이란 게 있을까? 나는 평범할까? 누나는, 너는 평범하니?"

나는 대답하지 않고 물을 마셨다. 나는 나를 잘 안다. 평범하지 않다. 나는 도둑이다.

"누나는 누나고 나오키는 나오키야. 책을 고를 수 있고 이렇게 암송할 수 있어. 나도 누나도 하지 못하는 걸 나오키는 할 수 있지."

"엄마."

"누나는 모르겠지만 나오키를 맡긴 건 한 번이 아니었어. 몇 번이나 나오키를 맡기고 쉬곤 했어. 너무 지쳤을 때는."

엄마가 창밖으로 시선을 돌렸다. 바다가 보였다.

내 눈에는 바다가 들어오지 않았다. 머릿속에 보관가게의 정경이 펼쳐졌다.

다다미 마루 위에서 어린 나오키가 《어린 왕자》를 **보고** 있다. 옆에서 다정한 가게 주인이 책을 읽어주고 있다. 그저 불현듯 떠오른 생각이고 진짜가 아닐 수도 있지만, 마치 정말로 있었던 일인 듯 그 광경이 머릿속에 아른거렸다.

이어서 찻집의 소프트아이스크림이 떠올랐다.

차갑고 달콤하고 맛있었다. 다른 곳에서 먹어도 그때 그 맛은 다시 나지 않았다. 엄마와 나, 둘이서 보낸 즐거운 시간. 웃고 있는 엄마. 엄마는 아무것도 먹지 않고 차만 마셨었지.

보관가게와 찻집. 두 광경이 이어졌다.

엄마는 소중한 나오키를 100엔에 맡기고 내게 소프트아이스크림을 먹여준 게 아닐까? 삼각자가 부러져서 울고불고 난리가 난 내게 따뜻한 시간을 만들어준 게 아닐까?

미안해요. 나, 어리다는 이유로 아무것도 몰라줘서 미안해요.

예전에 엄마가 "아시타마치 곤페이토 상점가에는 편해지

는 문이 있어"라고 말했다. 그 문은 틀림없이 보관가게일 것이다.

다행이다. 엄마에게 그런 문이 있어서 다행이다.

나오키도 그 오르골 소리를 들었을까. 다정하면서도 쓸쓸한 멜로디였다. 무슨 곡이었더라. 까맣게 잊어버려서 흥얼거리지도 못한다. 그래도 들으면 기억할 거다. 나오키가 암송을 끝내면 무슨 곡인지 물어봐야지. 만약 들었다면 나오키는 기억할 것이다. 그리고 흥얼거릴 것이다. 그런 예감이 들었다.

엄마는 목이 마르다며 음료 코너에 마실 것을 가지러 갔다.

나오키는 여전히 암송 중이다. 수염이 덕지덕지 자란 서른 살 먹은 소년. 피부가 하얗고 눈이 크다. 차분한 생김새는 보관가게 주인과 어딘지 비슷했다.

어려서는 한시도 가만히 있지 못하는 아이였다. 동네 아이가 메뚜기 같다고 해서 엄마가 화를 냈었다. 나는 창피스러웠다. 동생이 메뚜기여서 창피스러웠다. 지금 나오키는 이렇게 얌전하다. 오랜 시간을 거치며 변했다.

나는 변했을까. 내가 도둑이라는 걸 알면 나오키는 창피스러워할까? 할머니가 내게 내주신 정직이라는 숙제는 아직 손도 대지 못한 상태다.

"나오키."

나오키는 계속 암송했다. 옆자리에 앉은 가족이 나오키의 목소리를 듣고 의아한 시선으로 흘끔흘끔 쳐다보았다.

"누나랑 같이 살지 않을래?"

나오키는 암송에만 열중했다.

"바다가 보이는 집이야. 여기에서 보이는 태평양이랑 같은 바다. 엄마도 같이."

나오키는 암송하느라 정신이 없었다.

"누나한테 매일 《어린 왕자》를 들려줄래?"

"햄버그스테이크는 여기에서 매일 먹을 수 있어."

"나오키가 일할 만한 작업장이 있는지 찾아볼게. 아마 있을 거야."

"도서관도 가까워. 후유미 님의 귤도 먹을 수 있고."

"이번 어버이날에 우리 같이 엄마한테 뭐 해드릴까? 엄마도 이제 쉬셔야 하니까."

나는 계속 말을 걸었다. 나답지 않게 다정한 말을 늘어놓았지만 절대 거짓말은 아니었다. 내 안에 원래부터 있던 말 같았다. 나, 실행할 수 있을까요? 할머니, 어떻게 생각하세요?

불현듯 머릿속에 오르골의 멜로디와 뒹굴뒹굴 몸을 굴리던 하얀 고양이의 모습이 떠올랐다.

"그래, 고양이도 키우자. 하얀 고양이가 좋겠어."

나오키가 갑자기 "사장님"이라고 말했다. 그리고 내 눈을 보더니 "태평양은 좋아"라고 했다. 그런 뒤 다시 '레옹 베르트에게'로 시작하는 책의 서두로 돌아갔다.

순간 가슴이 쿵쿵 뛰고 눈앞이 흐릿해졌다.

나오키는 암송에 푹 빠졌다.

엄마는 음료 코너에서 고군분투하더니 오른손에는 나오키가 좋아하는 콜라, 왼손에는 내가 좋아하는 소프트아이스크림을 들고 이쪽으로 걸어왔다.

도대체 왜, 항상 저렇게 자식들 생각만 하는 거야. 나도 나오키도 벌써 어른인데. 우리 가게의 소프트아이스크림은 딱히 맛있지는 않지만 엄마가 들고 온 거니 그때 그 맛이 날지도 모른다.

나는 휴대전화로 문자를 보냈다.

'라이터, 있었어.'

창밖으로 보이는 태평양은 아름다운 블루였다.

꿈꾸는 기분

나를 만든 사람은 제무스라는 오르골 장인입니다.

몸집이 커다란 사내였어요. 손등에는 거칠고 새까만 털이 수북하고 얼굴에도 턱부터 귀까지 수염이 덥수룩하게 자라서 꼭 곰처럼 보였지만, 일솜씨는 아주 섬세했어요.

제무스의 할아버지는 정통한 시계 장인이었어요. 제무스의 아버지도 시계 장인이었는데 도중에 오르골 장인의 길을 걸었죠. 제무스는 태어나는 순간부터 오르골과 함께였고 일곱 살 때부터 아버지의 일을 돕기 시작했습니다.

제무스가 나를 만든 건 서른다섯 살 때로 공을 어마어마하게 들인 작업이었어요.

먼저 놋쇠로 실린더를 만들었습니다. 반짝반짝 빛나는 매끈매끈한 원통 형태였죠. 제무스는 나를 만들기 전에도 실린더를 많이 만들었어요. 그중에는 한 아름이나 되는 커다란 실린더도 있었는데 이때 만든 것은 당시로서는 작은 편에 속했어요. 제무스의 커다란 손바닥에 쏙 들어갈 크기였습니다.

제무스는 실린더에 작은 구멍을 여러 개 뚫었어요. 멜로디를 기억하게 하는 작업이었죠. 구멍 위치에 따라 멜로디가 결정됩니다.

하얀 종이 위에서 춤추는 음표와 비교하며 신중하게 구멍 위치를 정했어요. 구멍을 다 뚫은 다음에는 가느다란 강철 철사를 짧게 잘랐어요. 핀을 만드는 겁니다. 구멍 개수만큼 핀을 다 만들면요, 콧바람만 불어도 날아갈 것 같은 그것들을 실린더 구멍에 하나하나 채워 넣습니다. 정신이 아득해지는 작업이지만 제무스는 그 커다란 몸을 둥그렇게 구부리고 손가락에 온 신경을 집중했습니다. 이렇게 실린더 부분을 완성했어요.

실린더의 핀에 튕겨 아름다운 소리를 내는 콤(빗살)은 만들고 시험하고 또 만들고 확인하는 과정을 여러 차례 반복했어요. 제무스가 제일 고생한 작업이 바로 이 콤 만들기였어요. 실린더에 맞춰 빗살 50개, 즉 총 50개의 음계를 울리는 콤을 만들어 마침내 원하는 소리를 찾았고 정성껏 연마해서 음계를 조율한 뒤 마무리했어요.

다음으로 태엽. 강철로 만들었습니다. 태엽의 힘을 조절하는 거버너. 이것들을 넣을 토대 역시 금속으로 만들었어요. 이게 곧 음원이 됩니다. 무브먼트라고도 불러요.

제무스는 매일 아침부터 밤까지 나를 성에 차도록 만드느라 여념이 없었어요.

"그쯤 하면 됐잖니."

아버지가 말려도 듣지 않았습니다. 제무스는 손길에 기쁨이 넘치고 기술도 뛰어났어요. 무엇보다 자신이 원하는 경지를 또렷하게 알았고 마음도 확고했죠.

시간이 많이 지난 후에 나는 이런 생각을 했어요. 보이지 않는 목표를 이루기 위해 시행착오를 겪는 사람이 예술가이고, 보이는 목표를 이루기 위해 시행착오를 겪는 사람이 장인이지 않을까. 양쪽 다 시행착오가 필요한데 어쨌든 제무스는 타고난 장인이었습니다.

음원을 완성한 다음 제무스는 그것을 내장해 소리를 울리는 나무 상자도 만들었습니다. 나무 상자의 재질과 크기, 판의 두께까지도 소리 울림에 영향을 주니 아주 중요합니다. 보통은 목공 장인이 상자를 만드는데 제무스는 시간을 들여 혼자 해냈습니다. 나무 상자에 음원을 설치하고 유리 덮개를 씌워 보호했어요. 나무 상자의 뚜껑을 열면 유리 너머로 음원이 보이는 형식입니다.

이상적으로 그리던 나를 완성한 순간 제무스가 보여준 그 자랑스러운 표정이란! 곰이 웃었습니다. 120년이 지난 지금도 그때 제무스가 지은 미소를 잊지 못해요.

나는 지금 이국의 자그마한 가게 안 유리 진열장에 있습니다. 이곳에 오기까지 참 많은 일을 겪었죠. 배를 타서 흔들리기도 했고, 시간을 잊을 만큼 오랫동안 방치되기도 했고, 하늘을 날기도 했고, 어떤 소년이 집어던지기도 했고요. 괴로운 일이 많았지만 기죽지 않고 살아올 수 있었던 건 그때 보았던 제무스의 미소 덕분입니다.

나의 탄생을 그토록 기뻐해준 사람이 이 세상에 적어도 한 명은 있었습니다. 아무리 괴로울 때도 그 기억이 나를 구해주었어요.

제무스는 완성된 나를 소중하게 안고 공방을 나와 같은 부지 내의 돌로 만든 집으로 뛰어갔어요. 한 여자가 침대에 누워 있었어요. 첫인상은 '안색이 안 좋은 사람'이었습니다. 제무스의 아내였어요.

제무스가 무뚝뚝하게 나를 내밀자 아내는 눈을 동그랗게 뜨고 몸을 일으켰습니다.

"어머, 제무스! 이거 나한테 주는 거야? 어머나, 제무스! 당신도 참!"

그 말을 듣고서야 나를 만든 사람의 이름이 제무스라는 것을 알았습니다. 아내가 이름을 계속 불러서 기억에 똑똑히 새겨졌어요.

아내는 목소리에 기쁨이 가득했고 또 생각보다 야무진 느낌이었어요. 회색 같기도, 초록색 같기도 한 눈동자에도 생기가 넘쳤고요. 하얀 손으로 나를 받아 들었을 땐 너무 차가워서 부르르 떨었습니다. 제무스의 손이 워낙 따뜻해서 온도 차이에 놀랐죠.

아내는 나를 차근차근 바라보았어요. 조금 전까지는 안색이 안 좋아 보였는데 뺨에 살짝 홍조가 올라와서 그때 참 아름다운 사람이란 걸 알았어요. 몸은 말랐는데 배만 산처럼 커다랬죠. 아내의 배 속에는 아기가 있었어요.

제무스는 아내의 침대 옆에 나무 받침대를 놓았어요. 아내가 나를 거기에 올렸죠. 오르골이 최고로 아름다운 소리를 낼 수 있게 도와주는 공명대예요.

"뚜껑을 열어봐."

제무스가 재촉하자 아내는 차가운 손으로 나를 조심스럽게 열었어요.

나는 곧바로 노래를 부르기 시작했어요. 태엽이 이미 감겨 있어서 기쁨에 겨워 노래를 부르기만 하면 됐죠. 그렇게 태어난 기쁨을 만끽했어요. 내 영혼은 "고마워요, 고마워요, 나를 만들어줘서 고마워요"라고 외쳤고, 온몸은 '잘했다, 잘했어, 태어나길 잘했어' 하고 느끼며 떨렸어요.

내가 생각해도 멋진 목소리였어요!

제무스는 세상 최고로 행복한 미소를 지었어요. 아내는 눈을 가늘게 뜨고 황홀해하며 노래에 귀를 기울였어요. 노래는 서서히 느려지다 곧 사라졌습니다.

아내가 방긋 웃었어요.

"어쩜 이렇게 음색이 아름다울까. 특히 깊은 소리가 나는 저음이 가슴을 울리는 것 같아."

"마음에 들어?"

"마음에 들고말고."

"당신이 좋아하는 슈만이야."

"응, 당신과 만났을 때 내가 연주하던 곡이네."

"소품집 '어린이의 정경'의 일곱 번째 곡이지."

"그래, 맞아. 나는 이 곡이 제일 좋아. 마치 꿈을 꾸는 것 같은 멜로디지? 그래서 제목도 「트로이메라이Träumerei」, 꿈꾸는 기분이야."

"「트로이메라이」구나. 제목은 몰랐어."

"그런데 이 곡은 내가 연주한 것과는 조금 다르게 들리네."

제무스의 얼굴이 굳었습니다.

"어디가 잘못됐어? 당신이 준 악보대로 만든 건데."

"아니야, 제무스. 잘못됐다는 게 아니야."

아내는 내 뚜껑을 가만히 닫았습니다.

"내가 연주하면 음색이 더 슬프게 들리거든."

"난 당신이 치는 피아노를 듣고 슬퍼진 적이 없어."

"이 곡에는 차분하고 다정한 마음과 평화로움 속에 반드시 따라오는 애달픔이 같이 담겨 있어. 슈만에게는 사랑하는 사람이 있었는데, 그 사람과 함께하지 못하는 사정이 있었어. 그녀를 향한 마음이 곡에 표현된 거야. 그런데 이 오르골의 음색은 달라. 당신이 아이를 생각하는 마음이 전부 담겨서 밝고 따스하게 들려."

아내가 커다란 배를 쓰다듬으며 말했어요.

제무스는 아이의 탄생을 기도하며 나를 만들었어요. 나를 만들던 그 뜨거운 열정은 아이와 아내를 향한 사랑이었죠.

"나는 음악가가 아니라 어려운 소리는 잘 모르겠고, 하여간 피아노 연주에는 절대 비기지 못하지."

제무스는 쑥스럽다는 듯이 코를 만지며 중얼거렸어요.

아내는 나를 손에 들고 뚜껑을 쓰다듬으며 감촉을 느꼈어요. 세공하지 않은 수수한 나무 상자지만 곡선이 완만해서 예쁘장한 형태였죠.

"어쩜, 아주 좋은 호두나무를 썼네. 이래도 괜찮아?"

제무스는 아내의 어깨를 안고 이마에 입을 맞췄어요.

"건강한 아이를 낳아줘."

그리고 공방으로 돌아갔습니다.

아내는 다시 태엽을 감아 내 노래를 듣기 시작했어요. 나는 활기차게 노래했습니다.

"만들어줘서 고마워요!"

이 세상에 태어난 기쁨을 만끽했습니다.

"건강하게 태어나렴. 행복한 세상에 태어나렴!"

배 속 아이를 응원하는 것도 잊지 않았죠.

아내는 훌륭한 청중이었어요. 내 감정, 정확하게는 제무스의 감정을 순수하게 받아들이고 고마워하는 것이 느껴졌죠. 나는 활기차게 노래했고 서서히 느려지면서 곧 조용해졌습니다. 그러자 잠든 아내의 숨소리가 들렸어요. 안심한, 행복에 겨운 표정이었죠. 보는 쪽도 행복해질 정도로 기분 좋은 표정이었어요. 어린 시절의 그녀는 솔직하고 누구에게나 사랑받는 소녀였을 거예요. 매일 밤 이렇게 안심한 표정으로 잠에 들었으리라 짐작할 수 있었어요.

그날부터 아내는 매일 아침에 일어나면 제일 먼저 내 노래를 듣고, 밥을 먹은 후에도 내 노래를 듣고, 자기 전에도 내 노래를 들었어요.

이쯤 되자 제무스도 "그렇게 매일 들으면 안 질려?" 하고 물을 정도였죠.

"마음이 차분해져."

아내가 대답했어요.

"혈액순환이 잘 되는 것 같아."

식사를 잘 하게 되자 아내는 금방 기운을 찾아서 살도 찌고 얼마 후에는 큼지막한 배를 안고 걸어 다닐 수 있게 되었어요.

몸 상태가 특히 좋았던 어느 날, 아내는 차를 두 잔 우려 제무스와 같이 마시려고 공방에 갔어요. 그런데 공방에서 일하고 있어야 할 제무스가 없었죠. 제무스는 오르골 공방이 아니라 그 옆의 시계 공방에 있었어요.

그곳에는 제무스의 아버지와 장인들도 일하고 있었죠.

내가 태어난 지 한 달이 지났을 때였어요. 그동안 제무스와 아내가 나누는 대화를 통해 많은 지식을 쌓았죠. 이곳은 스위스라는 나라로 원래 시계 제조로 유명한 곳이라고 해요.

1796년에 앙투안 파브르라는 시계 장인이 기계장치로 곡을 연주하는 오르골을 발명한 이래, 스위스에서는 시계와 함께 오르골 제작도 유행했어요. 시계 장인인 제무스의 아버지도 시대의 흐름을 타서 오르골을 만들기 시작했죠.

그때는 CD도 라디오도 텔레비전도 없었어요. 음악이라면 피아니스트가 피아노를 연주하고 바이올리니스트가 바이올린을 연주하는 것이 전부였으니 고급문화였죠.

연주자 없이도 음악을 즐길 수 있는 마법 같은 오르골을 온 나라가 환영했어요. 교회나 레스토랑이나 학교에서 주문이 쇄도했죠. 기술이 더 발달해 나무 상자에 넣는 형태가 완성되자 귀족들 사이에선 결혼이나 생일 축하용으로 오르골을 선물하는 풍습이 생겼어요. 워낙 고가품이어서 귀족만이 가질 수 있는 점도 인기의 비결이었어요. 주문은 꾸준히 늘어 제무스의 아버지는 시계 공방 옆에 오르골 공방을 세우고 장인도 고용했습니다.

제무스는 그 시기에 태어났어요.

제무스는 오르골 부품 옆에서 오르골 소리를 들으며 자랐고, 고민할 것 없이 오르골 장인이 되었어요.

제무스의 실력은 뛰어났습니다. 그가 만든 정교한 완성품을 보며 아버지도 "이거야 원" 하고 감탄할 정도였죠. 제무스는 과묵하고 끈덕진 성격이라 오르골 제작이 적성에 맞았어요. 말이 원체 서툴러서 사교 생활은 꺼렸어요. 술집에 술을 마시러 가거나 축제에서 춤을 추지도 않았어요. 이 시대의 기술 장인들은 보통 10대 후반이면 가정을 꾸리는데 제무스는 성격이 이렇다 보니 서른이 넘어서도 혼자였죠.

어느 날, 제무스는 근처 학교에 납품한 오르골을 정기 점검하러 갔다가 피아노를 연주하던 지금의 아내와 만났습니다. 아내는 음악 선생님이었고 말하기 좋아하는 사람이었죠. 무뚝뚝한 제무스에게도 친근하게 말을 걸며 그의 고지식한 마음속으로 성큼성큼 들어왔어요. 당시 아내에게는 춤을 잘 추고 놀기도 좋아하는 연인이 있었는데 그의 가벼운 태도가 마음에 안 들던 차에 어눌하지만 성실한 제무스에게 끌렸습니다. 그리고 두 사람은 마침내 결혼했죠.

아내는 결혼 후에도 선생님으로 일했지만 아기가 생기자 몸이 힘들어져서 일을 그만두고 출산을 위해 몸조리를 시작했어요.

공교롭게도 제무스가 결혼한 시기부터 오르골 주문이 줄어들었죠. 왜냐하면 저 먼 미국이라는 나라에서 에디슨이라는 사람이 축음기를 발명했거든요. 소리를 기억하는 장치라고 해요. 소리를 보존해서 재생하기 위한 목적으로 만들었는데 음악을 감상하기에도 좋았죠.

연주자가 없어도 음악을 재생할 수 있다는 점에서 오르골과 특징은 같은데 축음기는 다양한 음악을 재생할 수 있다는 장점이 있었어요.

120년이나 산 나는 축음기의 시대도 그리 길지 않았다는 걸 알고 있지만, 당시에는 전 세계가 기절초풍한 획기적인 발명이었어요. 바다를 건너야 하는 이곳 스위스는 그 즉시 영향을 받지는 않았으나 서서히 축음기의 파도가 밀려오고 있었죠.

축음기를 찬양하는 사람들은 꼭 이렇게 말했어요.

"오르골은 짧은 곡을 반복할 뿐이잖아. 게다가 속도도 점점 느려지고 도중에 멈추거나 하고 말이야."

지당하신 말씀이라 오르골인 나도 "그럼요, 그 말이 맞사옵니다" 하고 고개를 푹 숙일 수밖에 없었죠.

오르골 주문이 점차 줄어들자 제무스의 아버지는 영세하게 이어가던 시계 공방에 다시 주력했어요. 제무스에게도 시계를 만들라고 했죠.

짧은 곡만 연주한다, 반복만 할 수 있다, 속도가 느려진다.

이 세 가지 결점은 오르골의 타고난 성질상 어쩔 수 없었습니다.

제무스는 좋아하는 오르골을 만들지 못해 씁쓸했지만 절망하지는 않았어요. 아내의 배 속에 아기가 있었으니까요. 이제 곧 새로운 생명이 태어납니다. 오히려 제무스는 이 시기에 인생 최고의 희망을 느꼈을 거예요. 아내의 몸과 마음을 위로하고 아기에게 기분 좋은 음악을 들려주려고 나를 만든 것을 끝으로 오르골 제작을 그만두었어요. 그리고 그날부터 시계 공방에서 일했죠.

제무스는 아내에게 이런 이야기를 다 하지는 않았어요. 아내도 다 알았지만 굳이 언급하지 않았고요.

어느 날, 아내는 저녁을 먹으며 제무스에게 이렇게 말했어요.

"오르골의 좋은 점은 짧은 소절을 반복하는 것과 서서히 느려지면서 자연스럽게 멈추는 거야."

제무스는 놀랐습니다. 짧은 곡만 연주한다, 반복만 할 수 있다, 속도가 느려진다. 오르골의 단점으로 꼭 거론되는 세 가지였으니까요.

"그게 좋다니? 무슨 소리야?"

"음악을 반복해서 들으면 몸에 새겨지거든. 학교에서 아이들에게 가르칠 때도 처음부터 여러 곡을 들려주는 게 아니라 한 곡을 반복적으로 들려줘서 몸이 멜로디에 익숙해지게 해. 곡이 몸 안에 제대로 들어오면 다음에 다른 곡을 들을 때 그 차이를 확실히 알 수 있고, 그러다 보면 음악이 무엇인지도 알 수 있거든."

"그렇군."

"그리고 나처럼 몸이 안 좋을 때는 짧은 곡을 반복해서 듣는 게 도움이 되는 것 같아. 점점 느려지는 것도 자극이 줄어드니까 좋고. 이 오르골 소리를 들으며 꾸벅꾸벅 잠들면 기분 좋은 꿈도 꿀 수 있어."

"아아, 과연."

제무스가 기뻐하며 웃었어요.

"아, 좋은 점이 하나 더 있네. 오르골은 피아노보다 작잖아? 가지고 다니면서 어디서든 들을 수 있어. 이것도 좋은 점이야."

"응, 당신 말이 맞아."

"우리 아이도 같이 듣고 있겠지. 그러니 이 아이는 좋은 음악을 몸에 담고 태어날 거야."

둘의 대화를 들으면서 내게도 태어나기 전의 기억이 있다는 걸 깨달았어요. 제무스의 손가락, 제무스의 숨소리, 제무스의 진지한 눈빛을 기억하고 있었어요. 핀을 박아 넣는 제무스의 섬세한 손놀림까지도 태어났을 때 이미 다 알고 있었습니다.

영혼은 언제 만들어지는 걸까요? 그리고 영혼은 어디에 있는 걸까요?

제무스의 아이도 '건강하게 태어나렴. 행복한 세상에 태어나렴!'이라는 나의 노래를, 나의 마음을 똑똑히 기억하고 태어나겠죠. 상상만으로도 행복해요!

"맞아. 틀림없이 음악을 사랑하는 아이일 거야."

제무스도 기뻐하며 고개를 끄덕였습니다.

"미래에 슈만 같은 작곡가가 될지도 몰라."

"응, 그렇게 될 거야."

"나는 이 오르골과 함께 우리 아이를 키울 테야."

아내가 뺨을 붉히며 웃었습니다.

그러나 아내는 나를 들으며 아이를 키우지 못했습니다. 아이를 낳다가 문제가 생겨 아내도 아이도 목숨을 잃었거든요.

이 시기의 기억은 어렴풋합니다.

너무 싫은 일은 기억하고 싶지 않아서 자연스럽게 흐릿해지는 것 같아요.

이제 곧 행복의 정점이 온다는 두근두근한 분위기에 흠뻑 빠져 있는데 묘하게 어둠이 드리우며 불온한 공기가 순식간에 주변을 가득 채웠어요. 설마 하고 허둥거리는 사이에 나쁜

그것이 세상을 완벽하게 지배해 어둠만이 남았습니다.

당시 그런 일은 흔했다고 하지만 제무스에게는 치명적인 사건이었죠. 장례식을 마친 후에도 일에 복귀하지 못하고 슬픔에 잠겼습니다.

"다음에는 젊고 건강한 아가씨를 데려오자. 아이는 또 낳으면 돼."

아버지는 제무스를 격려했습니다. 아들을 걱정해서 한 악의 없는 말이었지만 제무스는 그런 소리를 듣고 싶지 않았죠.

결국 제무스는 석조 집의 문을 걸어 잠그고 틀어박혀 나를 들었습니다.

참 이상한 일인데요, 내 노래가 예전과 달라졌습니다.

"이 세상에 태어나서 기뻐요. 고마워요, 고마워요"라고 노래하려 했는데 "미안해요. 미안해요. 죽어버려서 미안해요"라고 마치 아내의 마음을 대변하는 듯한 노래를 부르게 되었어요. 이런 슬픈 노래는 안 되니까, 제무스에게 힘을 줘야 하니까 밝은 생각을 떠올리려고 했지만 내 노래는 방 안을 슬픔으로 가득 채워 제무스를 울게 할 뿐이었어요.

나는 제무스와 아내가 나누는 대화를 들으며 이 세상을 배웠어요. 오르골의 역사를 배웠고 제무스 일가의 사정을 알았고 두 사람의 심정을 이해했죠. 가끔 아내의 옛 제자가 찾아오기도 하고 아내는 혼자 있을 때 배 속의 아기에게 종종 말을 걸어서 그때마다 많은 정보를 얻었어요.

그런데 아내가 죽고 제무스만 남자 당연히 대화가 사라져서 그 후로는 제무스에 대해서도, 이 세상에 대해서도 알 수 없었어요.

그러던 중 제무스가 사라졌습니다.

석조 집에서 나가 돌아오지 않았어요. 아버지가 몇 번이나 찾으러 온 것으로 보아 공방에도 나가지 않았나 봐요.

제무스의 아버지는 가끔씩 석조 집에 와서 내 노래를 들었어요. 오르골은 쓰지 않으면 기계장치가 닳거든요. 제무스가 사라지고 반년쯤 지났을까요, 아버지는 나를 들으며 눈물을 흘렸습니다. 소리 내지 않고 하염없이 울었어요. 머리는 이미 하얗게 셌고 은퇴하고도 남을 나이였죠. 믿었던 아들은 행방불명에 어쩌면 죽었을지도 모르는 데다 공방이 앞으로 어떻게 될지도 걱정이었을 거예요.

나는 그때부터 제무스의 아버지를 위해 노래했습니다.

"괜찮아요. 괜찮아요. 제무스는 돌아와요, 반드시 돌아와요."

내 노래에는 가사가 없지만 그래도 마음이 전해졌나 봐요. 아버지는 내 노래를 듣고 나면 희미하게나마 웃었고 굽은 등도 조금은 펴진 것 같았어요.

1년 뒤, 제무스가 돌아왔습니다.

석조 집 문을 열고 내게 성큼성큼 걸어와서 "다녀왔어" 하고 인사하고 내 노래를 들었죠.

"어서 와요, 어서 와요, 돌아와서 기뻐요. 고마워요, 고마워요."

나는 노래하면서 깨달았어요. 내 목소리가 따뜻함을 되찾았다는 걸요. 한번 알아버린 비극을 지우지 못해 멜로디에 슬픔이 남았지만, 처음 태어났을 때 가졌던 활기와 명랑함을 되찾았어요.

오르골은 반복만 할 줄 안다고 생각하는 사람은 평생 모르겠죠.

반복 속에도 변화가 있어요. 시대나 사람의 마음과 반응하면서 생기는 변화예요. 소리는 단순히 울리기만 하는 것이 아니에요. 소리를 듣고 받아들이는 수용체에 따라서도 변화합니다.

네, 소리는 들어갑니다. 듣는 사람의 마음속으로. 들어가고 변화합니다. 정말이에요.

1년 동안 어디에서 뭘 하고 지냈을까요? 제무스는 뺨이 홀쭉해지고 몸도 말라서 작아졌습니다. 그래도 제무스는 웃고 있었어요. 어디서 웃는 연습이라도 하고 왔나 싶을 정도로 멋진 미소였어요. 나를 만들던 때의 순진한 미소와는 달랐어요. 아픔이 새겨진 아름다운 미소였죠.

제무스는 다음 날부터 시계 공방에서 다시 일을 시작했어요. 아버지가 얼마나 기뻤을까요?

제무스는 원래도 말이 없었는데 이제는 돌덩이처럼 입을 다문 남자가 되었고, 이에 반비례하듯 솜씨는 더 정교해져서 시계 공방은 번성했어요.

아버지도 안심했을 거예요. 얼마 후 아버지가 세상을 떠나자 제무스가 시계 공방을 물려받았습니다. 아주 가끔 오르골 주문도 들어오는데 제무스가 거절하는 것 같았어요.

제무스 생애 마지막 작품이라는 자부심이 내 안에 싹텄어요. 이렇게 되니 아예 주문을 받지 않았으면 좋겠다는 욕심까지 생겼죠.

한편, 오르골의 가치가 다시금 조명받기 시작했어요. 선물용으로 또다시 인기를 끌기 시작했는지 사람들이 석조 집까지 찾아와서 "오르골을 다시 만들어주시오" 하고 제무스에게 고개를 숙이는 장면을 몇 번이나 목격했어요.

제무스는 절대 고개를 끄덕이지 않았습니다. 변명도 하지 않고 그저 가로저을 뿐이었죠. 그런 미적지근한 태도이니 상대방도 간단히 물러서지 않았어요.

"저 옆에 있는 저거, 오르골 공방이잖아요. 공방을 없애지 않았잖소! 당신은 오르골을 좋아해요. 그렇지 않습니까?"

이렇게 다그치는 사람도 있었죠.

그래도 제무스는 고집스럽게 거절했어요. 이유가 뭘까요? 어쩌면 시계 만들기가 좋아졌을지도 모르겠네요. 어느 쪽이든 제무스는 워낙 말이 없어서 속을 모르겠어요.

내가 태어나고 20년이 지났어요. 제무스가 쉰다섯 살이 되던 해, 질리지도 않고 또 오르골 주문이 들어왔어요. 공방을 닫고 20년이나 지났으니 오랜만에 들어온 주문이었죠.

이웃 나라 귀족이 몸소 찾아와서 "일곱 살이 되는 딸에게 줄 생일 선물로 만들어주길 바라오"라고 정중하게 부탁했어요. 딸의 생일까지 석 달이 남았다고 해요. 제무스보다 한참 어린 20대 후반 정도로 보이는 아빠였는데 예전에 제무스가 만든 오르골을 소중하게 들고 왔죠. 크기가 내 두 배는 되고 장식도 화려했어요. 아마 음원인 실린더와 콤은 제무스가 만들고 상자는 목공 장인, 무늬는 상감 세공사가 만들었을 거예요.

뚜껑 무늬가 화려했어요. 붉은 커튼을 열어놓은 듯한 그림이었는데 그 귀족 가문의 문양이라는 걸 나중에 알았죠. 어쨌든 훌륭하고 화려한 오르골이었어요.

"나는 지금까지 오르골을 여러 대 받았지만 할아버님께서
세 살 때 주신 이 오르골만큼 음색이 아름다운 것은 없었소."

그 귀족이 말했어요.

제무스는 대답 없이 오르골의 태엽을 감아 공명대에 올리
고 뚜껑을 열었어요. 오르골은 상태도 좋아서 아름다운 음색
으로 노래를 불렀어요. 뭐, 내 수준에는 미치지 못했지만요.

귀족이 이어서 말했어요.

"곡은 요한 파헬벨의 「카논」이오. 파헬벨 사후에 수많은
위대한 작곡가가 명곡을 썼지만 지금도 나는 이 곡만큼 가슴
을 울리는 음악은 없다고 생각하오. 세 살 때부터 듣고 또 들
어서 몸에 스며들었기 때문이겠지. 그러니 이 오르골을 만든
장인에게 딸의 오르골을 만들어달라고 부탁하고 싶소."

제무스가 드디어 입을 열었어요.

"아가씨의 오르골도 이 곡이면 되겠습니까?"

"아니, 선곡은 당신에게 맡기겠소. 딸도 딸만의 노래와 만
날 기회가 있었으면 하니까."

뜻밖에도 제무스는 그 의뢰를 받아들였고 귀족은 돈을 두
고 돌아갔습니다. 공방을 세 개는 세우고도 남을 많은 돈을요.

제무스가 오르골 제작을 맡은 건 그 귀족이 제무스가 만
든 오르골을 소중하게 보관해서도, 돈을 많이 줘서도 아니었

을 겁니다. 딸이 병약해서 집에만 있어야 하고, 또 이름이 클라라였기 때문일 거예요. 제무스의 죽은 아내와 같은 이름이었죠.

제무스는 20년 만에 오르골 공방의 문을 열었어요. 시계 공방은 고용한 장인들에게 맡기고 오르골 제작에 몰두했습니다.

제무스가 공방에 데리고 가줘서 나도 그 과정을 시종일관 지켜볼 수 있었죠. 창작하느라 지치거나 고민할 일이 생기면 제무스는 내 노래를 들었어요. 나를 만들던 때의 열정을 되살리려고 하는 것 같았죠.

내가 그의 마지막 작품이 아니게 되는 것은 슬프지만 일에 몰두한 제무스를 보고 있으니 역시 이 사람에겐 이것뿐이라는, 이 사람은 오르골을 만들어야 한다는 생각이 들었어요.

제무스는 우선 곡 선정부터 시작했어요. 시계 공방에서 일하는 장인의 딸 중에 교회에서 피아노를 치는 마사라는 여성이 있어서 오르골 공방 한쪽에 있는 오르간으로 아내의 유품인 악보를 하나하나 연주해달라고 부탁했죠.

나한테는 다 좋은 곡으로 들렸어요. 전부 오르골로 만들어서 듣고 싶었죠. 그런데 제무스는 입을 꾹 다물고 듣기만 했어요. 마사는 그저 담담히 연주를 계속했어요.

"이건 누가 만든 곡이지?"

열일곱 번째 곡이 되어서야 제무스가 물었어요.

마사의 손가락이 멈췄어요.

"폴란드의 무명 여성이 만든 곡이에요."

"들어본 적 없는 곡이야."

"그분은 살롱 피아니스트였어요. 음악교육을 정식으로 받은 적이 없어서 제대로 된 평가도 받지 못했죠."

"그런데 아내가 악보를 갖고 있었군."

"저도 있어요."

마사가 살포시 웃었어요.

"솔직하고 가련하고 아름다운 곡이라 여자들은 모두 좋아해요. 테클라는 유명해지려는 욕심이 없는 차분한 여성이지 않았을까요?"

"크클라?"

"**테클라**라는 이름이에요. 테클라 봉다제프스카바라노프스카. 젊은 나이에 세상을 떠났죠. 이 곡의 제목은 「소녀의 기도」고요."

마사가 다시 건반 위에서 손가락을 움직였어요. 밝고 평온한 곡이었죠. 침울함이나 애절함 같은 감정은 전혀 느껴지지 않았어요. 제무스는 테클라라는 무명 여성이 작곡한 곡을 골라 그날부터 실린더를 만들기 시작했어요.

실린더도 콤도 나를 만들 때만큼 시간이 오래 걸리지 않았어요. 제무스는 20년이라는 공백이 느껴지지 않을 만큼 정교한 손가락 움직임과 정확한 귀로 마음에 드는 소리를 착실하게 찾았어요. 그에게는 보였어요. 이상적인 소리의 모습이.

다음으로 상자 만들기에 착수했어요. 예산이 충분해서 목공 장인을 부를 줄 알았는데 예상과 달리 제무스가 직접 나무를 잘라 형태를 만들어갔죠. 색이 밝은 나무를 골랐어요. 나보다 크기가 훨씬 커질 것 같네요. 전체적인 디자인은 기교를 부리지 않아 전통적이면서도 섬세했고 동그스름하니 부드러운 느낌이었죠. 상감 세공 장인도 부르지 않았어요. 오르골 무늬는 보통 기하학무늬나 바이올린, 피아노 같은 악기를 모티브로 삼는데 제무스는 꽃을 조각했어요. 꽃의 여왕 장미를 모티브 삼아 뚜껑이 될 부분의 나무 표면에 밑그림을 그렸죠. 밑그림을 그린 선을 따라 얇게 홈을 파고 거기에 잘게 부순 조개를 채워 넣었어요. 색이 들어간 유리도 사용했어요. 물감 대신에 조개와 유리를 쓴 화려한 세공이었죠. 사포질을 하고 마무리로 니스의 일종인 셸락(패각충의 분비물을 모아 정제한 것이래요)을 알코올로 희석해서 바르고 열심히 닦아 윤을 냈어요. 처음 보는 작업이어서 시선을 빼앗겼죠.

20년 전이 떠올랐어요. 아내가 세상을 떠난 뒤 제무스는 1년간 집을 떠나 돌아오지 않았죠. 혹시 목공 장인이나 상감 세공사의 제자로 들어가 기술을 배운 게 아닐까요? 뭘 위해서? 이런 날이 오리라 예감했을까요? 음, 설마 그럴 리는 없겠죠.

장인인 제무스에게 삶이란 언제나 기술을 배우고 손을 움직이는 것이었겠죠. 아내와 아이를 잃고 그는 분명 절망을 맛보았어요. 괴로운 그 시기에 목숨을 부지할 수 있었던 건 장인으로서 살아가는 자신의 미래를 생각한 덕분일까요?

나는 제무스를 지켜보며 다짐했어요. 앞으로 무슨 일이 생겨도 절망하지 않고 오로지 노래만 생각하겠다고요. 설령 오늘 노래하지 못하더라도 내일 노래할 수 있다고 믿으면 된다고요.

자, 마침내 아름다운 오르골이 완성됐어요.

태엽을 감아 뚜껑을 열자 희망 가득한 노래가 흘러나왔어요. 마사가 오르간으로 연주했을 때보다 훨씬 아름답게 들렸어요. 노래는 서서히 느려지다 곧 사라졌어요. 끝난 뒤에도 유쾌한 여운이 남는 대단한 음색이었죠. 클라라는 아직 어린 아이예요. 이렇게 밝고 활기찬 노래를 좋아할 테죠.

클라라의 생일은 2주 뒤입니다. 충분히 맞출 수 있어요.

주문한 귀족은 사나흘쯤 후에 심부름꾼을 보내 오르골을 받아 갈 예정이었어요.

오르골을 완성한 날 밤, 제무스는 석조 집에 새 오르골이 아닌 나를 데리고 가 빵과 수프로 검소한 식사를 마치고 내 노래를 들으며 잠이 들었어요. 차분히 자는 제무스의 얼굴을 보니 아내의 잠든 얼굴이 떠올랐어요. 제무스도 아내도 잘 때만큼은 세상 물정 모르는 아이 같았죠. 나는 20년 만에 진정한 행복을 느꼈답니다.

그런데 이 행복은 사흘도 가지 못했어요. 오르골 공방에 작은 불이 나 열심히 만든 오르골이 불타버렸거든요. 다행히 유리가 지켜줘서 실린더와 콤, 태엽 부분은 타지 않고 무사했지만 상감 세공을 아름답게 새긴 나무 상자는 무용지물이 되고 말았죠.

최근 추운 날이 이어졌어요. 숙소를 잡을 돈이 없었던 한 여행자가 바람을 피하려고 공방에 들어왔죠. 성냥으로 불을 피워 몸을 녹이려고 했어요. 그러다가 잠이 들어 불이 톱밥에 옮겨 붙었다고 해요. 새벽쯤 화재를 알아차린 시계 공방의 장인이 불을 끄고 범인을 붙잡은 뒤 자고 있던 제무스를 깨워 상황을 알렸어요.

제무스는 공방 공구와 연마기가 무사한 것을 확인하고 안심했어요. 여행자는 손에 화상을 입었죠. 제무스는 떠돌이의 손가락에 연고를 발라주고 먹을 것도 주고 돈까지 쥐어서 보냈어요. 경찰에 신고하지 않았죠.

사건이 정리될 무렵, 귀족의 심부름꾼이 도착했어요.

제무스는 "딱 2주만 더 기다려주십시오" 하고 고개를 숙였어요.

"아가씨의 생일에 맞추지는 못하겠지만 제가 반드시 가져다드리겠습니다."

심부름꾼은 어쩔 수 없다는 표정으로 돌아갔어요.

제무스는 당장 나무를 골라 자르기 시작했어요. 음원은 무사하니 나무 상자만 다시 만들면 됐어요. 제무스는 잠도 자지 않고 만들었습니다. 한번 만든 것을 재현하면 되니 처음보다 쉽게 만들 수 있었을 거예요. 크기도 디자인도 똑같은 것을 만들면 되니까요.

그런데 제무스는 밑그림을 바꿨어요. 장미가 아니라 제비꽃을 모티브로 삼았어요. 그림을 다시 그리느라 시간이 걸렸죠. 유리와 조개껍데기도 다른 것으로 바꿨어요. 그렇게 완성한 세공은 전작보다 화려함은 부족해도 훨씬 우아했어요. 화재로 발생한 마이너스를 원상 복구하는 것이 아니라 플러스로 바꾸겠다는 제무스의 의욕이 느껴졌어요.

이제 음원을 넣고 조립만 하면 끝입니다. 하지만 그 단계에서 제무스는 손을 멈췄어요. 「소녀의 기도」의 음색은 화재의 영향을 받지 않아 여전히 훌륭했어요. 그런데도 제무스는 그걸 넣지 않고 망설였어요.

그러더니 무슨 생각인지 나를 손에 들었어요. 고민에 빠질 때면 나를 울려 노래를 듣곤 했으니 노래할 준비를 했죠. 그러나 내 예상은 빗나갔어요.

제무스는 내게 드라이버를 대고 나사를 풀었어요. 하나가 아니라 여섯 개를 다 풀어 음원을 꺼냈어요!

나는 당황했어요.

이게 무슨 일인가요, 제무스는 내 음원을 제비꽃 무늬가 새겨진 나무 상자에 옮겨 넣으려고 했어요!

이러지 마!

신이시여, 도와주세요!

제무스가 나를 죽이려고 해요.

죽는다고?

나는 대체 어떻게 되는 걸까요?

제무스가 내 음원을 옮기는 동안 나는 영혼이 무엇인지 필사적으로 생각했어요.

나는 슬픔이나 기쁨이나 아쉬움 같은 감정을 분명히 느껴요. 인간과 마찬가지로 영혼이 있다고요. 그렇다면 내 영혼은 나무 상자에 있을까요, 아니면 실린더나 콤 같은 음원에 있을까요?

의문을 풀지 못하는 사이에도 작업은 계속 진행됐어요. 도중에 죽음을 맞아 의식이 사라질 줄 알았는데 다행히 그런 일은 생기지 않았어요. 의식이 있는 상태로 새로운 상자 안에 들어가 나사로 고정되었죠. 제무스가 태엽을 감고 뚜껑을 열어 노래를 듣기 시작했을 때 나는 내 영혼이 어디에 있는지 알았어요.

정답은 음원이었어요. 실린더나 콤, 태엽이나 거버너. 그 안에 내가 있었어요.

나는 새로운 몸을 얻어 더욱 낭랑하게 노래했어요. 놀랍게도 지금까지보다 훨씬 깊이 있는 소리가 났어요. 저음뿐만 아니라 고음에서도 쿵쿵 울리는 반향이 있었죠. 몸에 따라 목소리도 바뀌는군요.

이번 목소리는 삶의 기쁨과 아픔이 공존했고 무언가를 호소하려는 감정이 더 깊어졌어요. 그것이 살아생전 제무스의 아내가 말했던 「트로이메라이」의 진수이고 제무스의 인생 그 자체가 아닐까요?

장인의 인생은 작품에 반영되는 건가 봐요. 나는 이 순간,

인생은 낙관할 수 없는 것이란 사실을 배웠어요.

노래를 마친 나는 텅 비어버린 원래 몸이 걱정됐어요. 영혼은 여기로 옮겨 왔지만 남은 몸도 틀림없이 나였어요. 장식 하나 없는 나무 상자지만 20년 이상 함께 살아온 소중한 몸이니까요.

제무스는 거기에 「소녀의 기도」를 넣었어요. 그리고 울려보았죠. 그러자 「소녀의 기도」의 멜로디가 지닌 차분함과 밝음이 훨씬 잘 살아났어요.

내 영혼은 새로운 몸에 아주 완벽하게 어울렸고 「소녀의 기도」는 내가 원래 있던 몸에 잘 어울렸어요. 「소녀의 기도」의 영혼도 기뻐하고 있겠죠?

그때 나는 이대로 제무스의 것이 될지도 모른다고 생각했어요. 제무스는 나를 다른 사람에게 주려는 것이 아니라 아름다운 상자에 옮기고 싶었을 뿐인지도 몰라요.

장식 없는 「소녀의 기도」를 주문한 귀족에게 주는 거죠.

하지만 아니었습니다. 제무스는 작업을 도와줘서 고맙다는 의미로 「소녀의 기도」 오르골을 마사에게 주었어요. 그런 뒤 나를 천으로 꼼꼼히 싸고 여행 채비를 해서 길을 떠났지요.

역시 제무스는 나와 헤어질 생각이었어요.

지금도 궁금해요.

제무스는 아내를 향한 마음을 담은 「트로이메라이」를 왜 다른 사람에게 주려고 했을까요? 「소녀의 기도」가 아니라 나였던 이유가 뭘까요?

화재 소동이 없었다면 제무스는 「소녀의 기도」를 노래하는 장미 무늬 오르골을 심부름꾼에게 주었을 거예요. 장미를 제비꽃으로 바꿨기 때문에 나를 보낸 걸까요? 제무스의 마음은 언제 바뀌었을까요?

120년이 지난 지금도 모르겠어요.

어쩌면 복잡한 이유가 없었을지도 모르죠. 제무스는 그저 장인으로서 더 나은 오르골을 만들고 싶었을 수도 있어요.

제무스는 여행에 익숙해 보였습니다. 뱃길에도 능숙해서 나는 스트레스를 받지 않았어요. 이후에도 여러 번 여행을 했는데 제무스와 함께한 여행이 가장 진동이 적고 편안했어요. 나처럼 정밀한 기계는 진동이 치명적이거든요.

앞서 말했듯이 120년이나 살다 보면 나름대로 경험이 쌓입니다. 사람들의 대화를 들으면서 여행에 대해 알게 됐죠. 사람들은 대체로 여행을 좋아하는 것 같아요. 그들은 대개 '지금 있는 장소'에 불만을 품은 채 살고, 그 감정을 해소하기 위해 여행을 떠나죠.

나는 여행이 싫어요. 이런저런 불편함은 꾹 참을 수 있으니 한곳에 머무르고 싶어요. 하지만 제무스와 했던 이 여행만큼은 끝나지 않길 바랐던 기억이 나네요.

여행의 끝은 언덕이었어요. 제무스는 나를 안고 긴긴 언덕을 올라갔어요. 날이 쌀쌀했는데도 제무스는 땀을 흘렸죠. 우리는 곧 성에 도착했습니다.

경비병에게 "스위스에서 온 오르골 장인입니다"라고 말하자 안으로 들여보내줬어요. 화려한 옷을 입은 똑똑해 보이는 남자가 우리를 맞이했습니다. 제무스는 나를 건네고 돌아가려 했는데 그는 받으려 하지 않고 제무스를 안으로 안내했어요. 화재 소동 때 오르골을 받으러 온 심부름꾼도, 주문하러 온 귀족도 아니었어요.

우리는 긴 복도를 걷고 계단을 올라갔어요. 도중에 몇몇 사람들과 스쳐 지나갔는데 전부 복장이 화려하고 똑똑해 보였어요. 제무스나 제무스의 아버지, 다른 장인들은 모두 등이 굽었어요. 그런데 여기 사람들은 모두 등을 똑바로 펴고 있었죠. 몸에 딱딱한 쇠기둥이라도 품고 있는 것 같았어요. 이 성에서 지내려면 그래야 하는지도 모르죠. 다들 제무스에게 예의 바르게 인사했지만 환영하는 기색은 없었습니다. 화를 내는 건 아니고 슬퍼하는 것처럼 보였어요.

넓은 방에 도착하자, 있었어요. 석조 집에 주문하러 온 귀족이요. 차림새가 의젓한 젊은 아버지 말이에요. 부인으로 보이는 사람도 있었어요. 둘 다 제무스를 진심으로 환영했습니다. 부인은 "일부러 여기까지 와주시다니 고맙습니다. 차라도 들면서 조금 쉬었다 가세요"라고 말하고 안내해준 사람에게 차를 내오라고 했습니다. 두 사람 다 눈시울이 빨갛게 부어 있어서 조금 마음에 걸렸어요. 전에 만났을 때 젊은 아버지는 훨씬 당당해 보였는데 말이죠.

제무스는 이 상황이 불편해서 나를 안고 어정쩡하게 서 있었어요. 앉으라고 권한 의자에도 앉지 않았죠. 조심스럽게 방을 둘러보더니 문득 안심한 표정을 지었어요.

오래된 오르골이 장식되어 있었거든요. 예전에 제무스가 만든 그 오르골입니다. 멜로디는 「카논」, 뚜껑에 귀족 가문의 문양이 새겨졌죠. 여전히 소중하게 다루고 있나 봅니다. 소리가 잘 울리도록 공명대 위에 올려놓았어요. 공명대는 공방에 있는 것보다 훨씬 좋았어요. 테이블처럼 넓고 장식도 화려했죠.

젊은 아버지는 "오르골을 보여주시오"라고 말했습니다. 제무스는 「카논」이 놓인 공명대에 나를 놓았습니다. 오르골을 서너 대는 더 올려놔도 될 정도로 넓었어요. 그리고 천을 풀어 제비꽃 무늬가 새겨진 나를 보여주었습니다.

젊은 아버지와 어머니가 숨을 삼키는 소리가 들렸어요. 그들은 곧 "오오" 하고 감탄 섞인 탄성을 터뜨렸죠.

그때 나는 갓 태어난 아름다운 모습이었어요. 영혼은 스무 살이지만 몸은 새로 태어났죠. 게다가 나중에 알았는데 내 새로운 몸은 시간이 지나도 빛을 잃지 않고 꾸준히 사랑받을 형태였어요.

젊은 아버지는 "이거 대단하군" 하고 말하며 얼른 태엽을 감으려고 했어요. 제무스가 차분하게 그를 제지했습니다.

"아가씨께."

젊은 아버지가 손을 멈추고 제무스를 보았습니다. 제무스가 조심스럽게 말했어요.

"아가씨의 생일에 맞추지 못한 점은 사죄드립니다. 죄송합니다. 허나 이것은 클라라 아가씨께서 들어주시길 바라며 만들었습니다. 일개 장인이 감히 주제넘은 말씀 한마디 드리자면, 부디 이 성에서 처음으로 오르골을 울릴 때는 아가씨께서 계셔주셨으면 좋겠습니다. 이 아이도 그러길 바랄 겁니다."

끝으로 갈수록 목소리가 갈라졌습니다. 제무스는 나를 '이 아이'라고 불렀어요. 사물인 내게는 최고의 찬사죠. 이때 제무스는 자신이 할 수 있는 모든 말을 동원해서 진심을 표현했습니다.

그런데 젊은 아버지의 표정이 어두웠습니다.

제무스는 황급히 모자를 벗었습니다. 그때까지 쓰고 있었다는 사실을 몰랐나 봐요. 그러나 쓰고 있는 것이 예의일 수도 있으니 다시 쓰려다가, 그만두었다가, 허둥지둥 난리였어요. 제무스는 귀족의 집이 이렇게 클 줄은 상상도 못 했을 거예요. 지금까지 교회나 학교, 귀족의 집 같은 화려한 시설을 오가며 커다란 시계나 오르골을 설치한 적은 있지만, 성안의 이런 내밀한 방에 초대되어 차까지 대접받으니 어떻게 처신해야 할지 몰라 당황한 거죠.

"아가씨께서 요양 중인 방으로 가져가주십시오. 저는 이만 물러가겠습니다."

제무스가 돌아가려고 하는데 젊은 어머니가 말했어요.

"늦었어요. 조금만 빨랐더라면."

제무스는 놀라서 걸음을 멈췄어요.

"설마, 아가씨께서."

"괜찮소, 건강하오."

젊은 아버지가 말했습니다.

"딸은 몸이 좋지 않아 이제껏 성 밖으로 나간 적이 없소. 오르골이라면 방에서도 들을 수 있으니 그대에게 부탁했는데, 생일 이틀 전에 갑자기 상태가 나빠져서 고열을 앓았소.

의사를 불러 치료한 끝에 간신히 열은 내렸고 목숨도 부지했소."

"그래요, 그 아이는 지금 정말 건강해요. 건강하지만."

젊은 어머니는 눈물을 흘리며 손으로 입을 틀어막았어요.

"귀가, 들리지 않게 되었다오."

젊은 아버지가 쥐어짜는 목소리로 말했어요.

"고열 때문인지 너무 강한 약을 써서 생긴 부작용인지는 모르오. 앞으로 계속 이럴지 언젠가 나을지도 모르는 상태고. 하지만 말이오. 어쨌든 딸은 살아남았소. 전보다 몸도 건강하고 걸을 수도 있으니 부모로서는 다행이라고 생각하고 있소."

"하지만 오르골 소리는 들을 수 없어요."

젊은 어머니가 말을 받았습니다.

"들었을 거예요. 1주일 전까지만 해도. 딸은 오르골이 도착하길 기다리고 있었어요. 예정대로 완성됐다면 들을 수 있었다고요!"

젊은 어머니는 결국 화를 내고 말았어요. 마치 오르골이 도착했다면 고열이 나지 않았을 거란 듯이.

딸의 귀가 들리지 않게 되었다니 얼마나 안타깝겠어요. 누군가를 탓하고 싶은 기분은 이해합니다. 게다가 딸이 내가 오길 기다렸다고 하잖아요. 진심으로 기대하면서. 너무, 너무 안타깝습니다.

젊은 아버지는 "그건 이 사람 때문이 아니잖소"라며 어머니를 타일렀어요.

제무스는 "참으로 드릴 말씀이 없습니다" 하고 고개를 숙였어요. 그러더니 나를 양손으로 안고 "가지고 돌아가겠습니다"라고 말했어요.

"돈은 돌려드리겠습니다."

제무스는 나를 다시 천으로 싸려고 했어요. 이런 상황에서 좀 그렇지만 나는 마음이 놓였어요. 제무스와 헤어지지 않아도 되어서 기뻤죠.

그때, 갑자기 문이 열리고 새하얀 물체가 들어왔어요.

순간 비둘기가 날아 들어온 줄 알았어요. 공방에도 간혹 비둘기가 들어오곤 했거든요. 제무스는 회색이나 갈색 비둘기면 내쫓았지만 하얀 비둘기는 천사의 심부름꾼이라면서 빵 부스러기를 주곤 했어요.

"어머니, 손님이 오셨나요?"

클라라였어요.

발목까지 오는 하얀 옷을 입고 있었어요. 천사 같았죠. 색이 연한 금발, 창백한 피부. 누가 봐도 병약해 보였어요. 나는 제무스의 아내를 떠올렸어요. 이런 사람은 일시적으로는 건

강해져도 머지않아 죽는다는 불길한 생각이 나를 지배했어요. 결국 주변 사람들을 절망에 빠지게 할 거예요.

"아직 그렇게 걸어 다니면 안 된다."

어머니가 클라라를 타일렀어요. 그러나 클라라에게는 들리지 않나 봐요.

클라라는 소리 없는 세상에서 머뭇머뭇 조심스럽게 모두의 얼굴을 살폈어요. 그러다가 제무스가 들고 있는 나를 보고 기다리던 것이 도착한 줄 알았는지 표정이 환하게 밝아졌죠.

"그거군요? 예쁜 상자다."

상자라니! 내 안에는 영혼이 담겼다고요, 물건을 담는 용도가 아니란 말입니다. 순간 안 좋은 예감이 들었어요. 클라라는 귀가 들리지 않으니 내 영혼은 필요 없습니다. 영혼을 꺼내면, 그래요, 이건 아름다운 상자일 뿐이죠. 이 집은 돈이 많아 보여요. 보석이 잔뜩 있을 텐데 나를 보석함으로 사용하면 어쩌죠?

제무스가 나를 공명대에 올렸어요.

클라라가 뚜껑을 열었어요. 손이 생각보다 따뜻해서 당분간은 죽지 않을 것 같아요. 태엽을 감아두지 않아 소리는 나지 않았어요. 유리 너머로 내 영혼인 실린더가 보였습니다. 영혼이 태어난 지 20년이 지났지만 관리를 잘해서 반짝반짝

빛이 났죠.

"움직이는 걸 보고 싶어요."

클라라가 조용히 말했어요.

제무스는 모자를 쓴 채로 내 뚜껑을 닫고 들어 올려 태엽을 감았어요. 다시 나를 공명대에 내려놓고 손짓과 눈빛으로 클라라에게 뚜껑을 열라고 했죠.

내 뚜껑이 열렸어요.

이 성에 와서 내는 첫 번째 소리입니다. 삶의 기쁨과 슬픔을 있는 힘껏 노래했어요. 공명대가 워낙 좋아서 내가 생각해도 평생의 가장 아름다운 음색으로 노래했답니다. 젊은 아버지와 어머니는 내 아름다운 음색에 오히려 슬퍼진 것 같았어요. 딸은 이 음색을 듣지 못한다는 현실에 어머니는 더 듣고 싶지 않다는 듯이 고개를 세차게 저었어요. 클라라는 느릿느릿 회전하는 실린더를 가만히 바라보고 있었죠. 눈동자가 새파랬어요.

제무스는 공명대에 살짝 손을 올리고 클라라 아가씨에게도 이렇게 해보라며 손짓했어요. 그러자 클라라도 공명대에 손을 올렸어요. 그 순간, 클라라의 뺨이 빨갛게 달아올랐어요.

"소리가… 전해져요."

공명대는 얇은 판이에요. 내 영혼의 떨림이 상자 다리를 타고 판에 도달해서 떨리게 하면 크고 깊은 음색이 되어 퍼지는 거죠. 귀가 들리지 않는 클라라도 손으로 판의 진동을 감지해「트로이메라이」의 리듬을 느낄 수 있었어요.

클라라의 말을 듣고 젊은 아버지와 어머니도 공명대에 손을 올렸어요. 노래가 끝나서 아버지가 허둥지둥 태엽을 감았죠. 다시 노래가 시작되었어요. 여럿이 손을 대면 공명이 잘 안 됩니다. 그래도 "정말이군. 느껴져"나 "어머, 정말 그러네" 하고 말을 주고받으며 일가족이 내 노래를 느끼는 모습을 보니 진심으로 기뻐서 짜릿했어요. 세 사람의 몸 안으로 내 영혼이 흘러 들어가고 있어요! 그런 느낌을 받았어요.

만약 제무스의 아내가 무사히 아기를 낳았다면.

그 석조 집에서 이렇게 온 가족이 내 노래를 즐겼겠죠. 내 역할은 아내가 요리하는 동안 아기를 달래는 것이었을 테고, 내 멜로디가 몸에 가득 새겨진 아기는 음악을 사랑하는 사람으로 자랐을 거예요.

그렇지만 만약은 없습니다. 현실과 다르니까 '만약'이죠.

제무스는 어느새 사라졌습니다. 스위스로 돌아갔겠죠.

그것이 제무스와 나의 영원한 이별이었습니다.

그날부터 나는 클라라의 방에 놓였습니다.

침대도 있고 피아노도 있는 방이에요. 클라라는 원래 음악을 좋아했나 봐요. 조그만 어린이용 피리도 있었답니다. 나만의 전용 공명대도 있었어요. 얇은 판이 있고 그 아래에 또 판이 있는 특별한 디자인이었는데 소리가 훨씬 듣기 좋게 울렸어요. 클라라는 공명대에 손을 올리고 나를 수없이 반복해서 들었어요. 나를 직접 만지기도 했어요. 어머니에게 악보를 구해달라고 부탁해서 진동과 음표를 대조하며 멜로디를 상상하는 것 같았어요. 소리에 굶주렸는지 어떻게든 이해하려고 귀를 기울이며 노력했어요.

내가 오고 한 달쯤 지나자 클라라의 귀가 저음을 포착했어요. 나와 클라라의 두 번째 만남이었죠. 나는 기뻤는데 클라라는 만족하지 않았어요. 더욱더 탐욕적으로 나를 갈구했어요. 한 달이 더 지나자 고음도 들을 수 있게 되었어요. 클라라는 조금씩이지만 청각을 되찾기 시작했어요. 나을 시기가 된 걸지도 모르지만 나는 내가 클라라의 청각을 되살렸다고 믿어요.

아버지와 어머니는 당연히 기뻐했습니다. 하지만 클라라는 만족을 몰랐죠. 나를 완벽하게 자기 것으로 만들자 이번에는 피아노를 연주하기 시작했어요. 아버지는 클라라를 위해서 피아노 선생님을 모셔왔죠. 어머니는 클라라를 가르치려고 어학, 역사, 문학 선생님도 불렀는데 클라라는 옆에서 보는 내가 민망할 정도로 공부를 싫어하고 음악만 사랑했어요.

클라라는 잘 웃고 잘 놀고 열심히 피아노를 쳤어요. 성 밖으로 나가기도 했죠. 쑥쑥 성장하면서 차츰차츰 나를 잊어갔어요. 클라라는 한 달 혹은 두 달 가까이 내 노래를 듣지 않았어요. 나중에는 1년, 2년 단위로 듣지 않아도 아무렇지 않아 보였죠.

나는 장식품이 되고 말았어요. 그래도 치워지지는 않았어요. 클라라의 방은 넓어서 불필요한 물건이 있어도 불편하지 않았죠. 아버지와 어머니도 내 존재를 잊은 것 같았어요. 청소하는 사람이 닦아줘서 먼지는 쌓이지 않았어요. 하지만 태엽을 감지도, 뚜껑을 열지도 않아서 노래할 수 없었어요. 내 영혼은 점차 굳어갔습니다.

만약 클라라가 계속 병약했다면.

방에서 나가지 못했다면 계속 내 친구로 있어줬을까요?

공명대에 손을 올리고 계속 나를 갈구해줬을까요?

만약이란 존재하지 않고 나도 만약을 바라진 않습니다.

제무스의 아내처럼 죽으면 안 돼요. 살아 있는 클라라. 건강해져 밖에 놀러도 나가고 친구도 생기고 피아노에도 푹 빠졌죠. 아버지와 어머니는 클라라가 아팠다는 사실도 잊었는지 딸의 장래 계획을 세우느라 바빴어요. 이런 행복도 다 내가 있었던 덕분이라고 남몰래 자부심을 느꼈습니다. 솔직히 말하면요, 이 시기엔 오직 그 믿음만이 나를 지탱해주었어요.

지금은 노래하지 않지만 내일은 노래해야지. 나는 고독을 곱씹으면서, 이렇게 용기를 북돋우면서 지냈어요. 때때로, 아니, 매일 같이 제무스를 떠올렸어요. 태어났을 때의 행복감, 달콤했던 옛날을 떠올리며 꾸벅꾸벅 꿈을 꾸는 기분으로 길고 긴 시간을 보냈습니다.

처음 만났을 때 일곱 살이었던 클라라는 어느덧 스물두 살이 되었어요.

기운이 넘치는 아름다운 여성으로 성장한 클라라는 피아니스트가 되고 싶다고 했어요. 하지만 귀족의 딸은 취미로만 피아노를 쳐야 하나 봐요. 피아노로 돈을 벌면 안 되는 모양인지 이제 젊지 않은 아버지와 어머니는 말도 안 되는 소리라며 반대했어요. 어머니는 화를 냈고 아버지는 웃었죠. 가당치도 않은 소리라고 웃어넘긴 아버지 때문에 클라라는 오히려 발끈했어요.

부모님은 몰랐지만 클라라는 성에 출입하는 피아노 조율사와 사랑에 빠져서 도망칠 계획을 세우고 있었어요. 나는 클라라가 언젠가 도망칠 게 분명하다고 생각했어요. 아주 당돌

한 아가씨였거든요. 그리고 클라라는 정말 계획을 실행했습니다. 뜻밖에도 나를 천으로 싸서 들고 나갔죠.

클라라는 아름다운 드레스나 신발을 모두 버리고 맨몸으로 나만 품에 안고 성을 나섰어요. 15년간 얼어붙었던 내 영혼이 떨렸어요. 클라라는 나 없이 살지 못할 만큼 나를 사랑한다는 사실을 알고 있었나 봐요. 그녀의 성장도, 음악과 함께하는 인생도 전부 내가 가져다줬다는 사실도 알고 있었죠. 마음에 빛이 깃드는 기분이었어요. 빨리 노래하고 싶어. 어디서든 좋으니 멈춰 서서 태엽을 감아주길 기대했습니다.

지금 당장 노래하고 싶었어요.

"고마워요. 고마워요. 나를 데리고 가줘서 고마워요."

공명대는 필요 없었어요. 길바닥도 좋고 품 안도 좋고. 어디서든 아름답게 노래를 부를 자신이 있었어요.

그러나 클라라는 나를 노래하게 해주지 않았어요. 성을 나와 마을에 도착하자 종종걸음으로 뛰어 품위라고는 없어 보이는 벽돌집 1층으로 들어갔어요.

그곳은 골동품 가게였어요.

둥근 안경을 쓴 비쩍 마른 할아버지와 고수머리에 뚱뚱한 청년이 있었어요.

클라라는 나를 계산대 위에 올려놓더니 할아버지에게 금

화를 잔뜩 받아 들고 후다닥 나가버렸어요. 피아노 조율사와 만나기로 했는지 발걸음이 가벼웠습니다. 그것이 클라라와의 마지막이었어요.

청년은 "이런 거에 돈을 그렇게 줘요?"라며 투덜댔어요.

할아버지는 "이건 열 배, 어쩌면 백 배나 값이 나갈지도 모르는 물건이야"라고 대답했고요. 그리고 내 뚜껑을 열어 유리 너머 태엽이 담긴 금속 향합을 가리키며 말했습니다.

"봐라, 여기 J.S라는 각인이 있잖니?"

"뭐라고요? 제무스 스필리의 작품이에요? 봐봐요, 진짜네!"

청년은 얼굴을 시뻘겋게 붉히고 뚱뚱한 배를 흔들며 "행운이 굴러들어 왔잖아!"라고 외쳤어요.

"스필리가 죽고 10년이 지났죠. 작품이 하나같이 대단한데 수가 적어요. 높은 가격에 거래할 수 있겠는데요? 어쩌면 유작일 수도 있고. 어디, 소리를 좀 들어볼까."

청년은 신이 나서 과격하게 태엽을 감았어요.

뚝, 하고 작은 소리가 났어요. 두 사람에게는 들리지 않지만 나에게는 들렸어요. 돌이킬 수 없는 소리였죠.

청년은 콧김을 거칠게 내뿜으며 뚜껑을 열었어요.

나는 소리를 내지 못했어요. 왜 내지 못했는지 알아요. 15년 동안 감긴 적이 없던 태엽이 그 상태에서 갑자기 세게 감기는 바람에 시간이 흘러 부식한 강철 태엽이 끊어졌습니다.

차라리 다행이었어요. 제무스의 죽음을 알고 바로 노래하고 싶지 않았거든요.

청년은 낙담해서 "소리가 안 나잖아" 하고 투덜거렸는데 할아버지는 "괜찮아, 그렇다고 가치가 깎이진 않을 거다. 괜히 건드리지 말고 F의 가게에 가지고 가자꾸나"라고 말했어요. 할아버지의 예상은 맞아떨어졌어요. F의 가게에서는 그들이 낸 돈의 백 배 가까운 금액을 흔쾌히 내놓았죠.

F의 가게는 오스트리아라는 나라의 중심부에 있었어요. 부자와 여행자가 들르는 화려한 가게였는데 새 상품은 없었죠. 안쪽에는 수리 공방이 있었어요. 가치 있는 것을 모아 고치고 보존한 뒤 골동품으로서 가치가 올라가면 팔려고 내놓는 독특한 가게였어요.

물건은 시간이 지나면 당연히 낡아요. 새것일수록 기운이 넘칠 텐데 일부러 낡게 해서 팔다니. 나는 이해가 안 가는데 사람들은 그런 것에 기꺼이 돈을 내네요.

나는 F의 가게에 팔렸을 때 벌써 서른여섯 살이었는데 가게 주인은 앞으로 20~30년은 숙성시키는 것이 좋겠다고 판단했어요. 숙성이란 팔지 않는다는 의미예요. 주인은 퍼스라는 이름의 서른 살 남짓한 여성이었어요. 퍼스는 실력이 뛰어난 장인에게 시켜 내 태엽을 교체하고, 15년이나 작동하지 않은 탓에 어긋나버린 기계에 기름을 쳐 부드럽게 맞물리도록 하고, 매일 노래하게 했어요.

퍼스의 방은 공방보다 더 안쪽에 있었어요.

가게도 공방도 넓은데 비해 개인 방은 아담했고 혼자 살았어요. 나를 포함한 숙성 중인 그림이나 시계, 악기 등이 있었죠. 숙성이라는 말은 퍼스만의 독특한 표현이에요. 썩히는 것이 아니라 좋은 미래를 대비하는 시간이라고 말하고 싶어요.

퍼스는 잠들기 전에 상품들을 바라보며 말을 걸고 쓸 수 있는 것은 썼어요. 그래서 처음에는 상품이 아니라 그녀의 것인 줄 알았는데, **팔 때**가 오면 퍼스는 망설이는 법 없이 상품들을 방 밖으로 가져가 쇼윈도에 전시했어요. 그리고 비싸게 팔리면 아주 기뻐했어요.

나는 매일 퍼스 앞에서 노래했어요. 억지로 노래한다는 생각이 들어서 전혀 즐겁지 않았죠. 「트로이메라이」의 멜로디가 삶의 기쁨을 표현하는지, 아니면 슬픔을 표현하는지조차 헷갈렸어요. 내 목소리는 세심한 관리를 받아서 아름다웠어요. 공명대는 없었지만 그와 비교해도 손색이 없을 만큼 좋은 선반에 올라가서 노래할 조건은 충분했죠. 그런데도 내 노래는 그저 **좋은 음색**일 뿐이었어요.

퍼스가 나를 소중히 하는 이유는 비싸게 팔기 위해서죠. 자기 것으로 삼으려 하지 않는 퍼스가 냉정해 보였어요. 클라라도 결국 나를 사랑해주지 않았죠. 제무스도 나를 손에서 놓아버렸어요. 나는 사랑받을 가치가 없는 **소리 상자**일 뿐이었어요.

오직 참새만이 나를 위로해주었어요. 퍼스는 가치 있는 물건들에 둘러싸여 있으면서도 신기하게 동물은 혈통서 딸린 개가 아니라 어디서나 흔히 보이는 참새를 좋아했어요. 작은 창을 열어 먹이를 주었죠. 창에 쇠창살을 달아서 안으로 들어오지는 못하게 해두었어요. 참새는 창가에 와서 먹이도 먹고 내 멜로디에 맞춰 같이 노래도 불러주었어요. 참새는 내 멜로디를 좋아했고 나도 참새가 즐거워하는 모습을 보니 기뻤어요. 참새 덕분에 간신히 마음을 다잡고 정신이 아득해질 정도로 긴 숙성 시간을 버텼죠.

자, 나는 퍼스가 말하는 숙성 기간이 지나고 마침내 F의 가게 쇼윈도에 장식되었어요. 가장 눈에 띄는 곳에는 바이올린이 있었죠. 그다음으로 눈에 띄는 곳에는 보석이 잔뜩 박힌

탁상시계가 있었어요. 나는 세 번째로 눈에 띄는 곳에 놓였어요. 상품에는 가격표가 붙어 있지 않아요. 손님과 퍼스가 이야기를 나누고 가격을 정합니다. 그사이 퍼스도 나이를 먹어서 할머니가 되었어요. 나도 뭐, 비슷하고요.

이렇게 낡은 오르골을 사는 사람은 없을 테니 반쯤 포기하고 있었는데 나는 생각보다 인기가 있었어요. 가게를 찾는 손님 중에 나를 쳐다보지 않는 사람이 없었고 누구나 내 소리를 듣고 싶어 했어요. 그림을 사러 온 사람까지도 나를 듣고 싶어 했고 소리를 들었다 하면 다들 욕심을 냈죠. 아무래도 나 같은 골동품 오르골이 주목을 받는 시대에 접어들었나 봐요.

자그마한 공방에서 열심히 살아가던 제무스라는 장인이 위대한 인물처럼 존경을 받아서 신기했어요. 모두 J.S라는 각인에 주목했어요. 목숨이 다한 후에 이런 대우를 받다니요! 제무스에게 알려주고 싶은데 지금은 아내, 아이와 함께 땅속에 조용히 잠들어 있겠죠.

퍼스는 장삿속이 뛰어나서 말도 안 되는 가격을 말해 손님을 당황하게 하고는 결국 포기하게 하더라고요. 그 가격에 사겠다는 손님이 나타났을 때도 퍼스는 "죄송합니다, 실은 조금 더 높은 가격에 사겠다는 분이 계셔서요"라는 말로 견제했어요. "그렇다면 내가 더 내겠소"라는 손님에겐 "죄송합니다, 그분이 먼저 계약금을 내셔서요"라고 거짓말로 둘러대기까지 했어요.

그 손님은 귀족 출신인 데다 거만하고 말투도 거칠어서 나도 팔리고 싶지 않았어요. 그래서 퍼스가 다른 상품(반짝반짝한 화려한 시계)을 추천하고 귀족도 그쪽에 마음이 팔려 품에 안고 돌아갔을 때는 얼마나 안심했는지 몰라요.

동시에 퍼스의 어마어마한 욕심에 질리기도 했어요. 옛 귀족이 내겠다고 한 금액은 상당했거든요. 이후에 국립박물관에서 기증해달라는 요청이 왔는데 역시 퍼스는 거절했어요. 그렇게 내 가격은 하늘 높은 줄 모르고 올라갔습니다.

그러던 어느 날이었어요. 평범한 옷차림의 남녀가 가게에 들어왔어요.

"어쩜, 제비꽃이 이렇게 예쁠까."

여성이 말했어요. 서른 살쯤 되어 보였어요.

"오르골이군."

남성이 말했어요. 이쪽은 마흔 살 정도로 보였는데 연필처럼 비쩍 말랐죠. 복장도 얼굴도 평범한 부부였어요. 외국에서 왔는지 다른 나라 말을 썼죠. 나는 영혼으로 들으니 알아들었지만요.

둘은 신혼이었어요. 남편이 더듬더듬 독일어를 했죠.

그때 퍼스가 뒤에서 조용히 다가와 "소리를 들어보시겠어요?" 하고 말을 걸었어요.

평소 손님이 먼저 듣고 싶다고 말하기 전까지는 가만히 보고만 있는데. 참 신기한 일이었죠.

"소리를 들려주신대."

남편이 아내에게 속삭였어요.

"어머, 그런데 이런 골동품 오르골은 가격이 비싸겠죠? 소리까지 들었는데 사지 않으면 너무 죄송하잖아요."

부부는 순진하고 착한 사람들이라 어쩔 줄 몰라 하며 망설이고만 있었죠.

퍼스는 나를 유리 진열장에서 꺼내 태엽을 감고 공명대에 올려놓았어요. 그리고 아내에게 손짓으로 뚜껑을 열어보라고 했죠.

아내가 뚜껑을 열었어요. 나는 어차피 사지 않을 손님이라고 판단해 그냥 마음 편하게 노래를 불렀어요.

"어서 오세요, 두 분. 신혼여행 중이시죠? 금실이 아주 좋아 보이네요. 오스트리아에서 즐거운 추억을 만드세요."

나는 오랜만에 기분이 좋았어요. 두 사람은 참새처럼 착실하고 좋은 청취자였어요. 내 멜로디에 흠뻑 빠져 귀를 기울이는 걸 알 수 있었죠. 아름다운 소리를 알아듣는 훌륭한 귀를 가진 부부였어요. 노래하는 보람이 있었죠. 내 노래가 끝나자 아내는 눈물을 글썽였어요.

"정말 아름다운 소리예요. 마치 별사탕이 연주하는 것처럼 사랑스러워요."

나는 이때까지만 해도 별사탕이 뭔지 몰랐어요. 그래도 좋은 거라고 짐작했죠.

아내는 갖고 싶다는 말은 하지 않았지만 남편의 팔을 살며시 붙잡았어요. 남편이 조심스럽게 가격을 물었죠. 퍼스가 대답했어요. 나는 깜짝 놀랐어요. 옛 귀족이 제시한 금액의 10분의 1이었거든요.

하지만 남편의 표정은 어두웠어요. 부부에게는 그 가격도 선뜻 내기 어려운 금액이었거든요. 그러자 퍼스는 가격을 더 낮췄어요.

남편이 "내일 저녁 식사, 취소해도 괜찮겠어?" 하고 아내에게 물었어요. 아내는 "빵을 사서 호텔 방에서 먹어요. 이걸 사 주면 나, 평생 아무것도 바라지 않을게요"라고 대답했고요.

퍼스는 말도 안 되는 금액으로 나를 부부에게 넘겼답니다.

자, 이런 연유로 나는 평범한 아내의 품에 안겨 비행기를 타고 일본이라는 나라에 왔습니다.

이곳은 수채화 물감으로 그린 듯한 나라였어요. 하늘도 식물도 사람도 전부 담백한 색채였죠.

나는 수채화 나라에서 정숙하고 다정한 아내에게 사랑을 담뿍 받았답니다. 매일 노래해서 아내를 웃게 했죠. 아내는 나를 살 때 남편에게 했던 말을 지켜 나 이외의 것은 바라지 않았습니다.

이렇게 행복한 날이 올 줄이야. 상상도 못 했어요.

제무스의 아내가 세상을 떠나 망연자실했던 나. 클라라에게 버림받아 비참했던 나. 퍼스의 방에서 복잡한 심경으로 노래하던 나. 그 순간순간의 나를 모두 불러 모아 "얘들아, 너희는 곧 행복해질 거야. 지금은 못 믿겠지만!" 하고 알려주고 싶었어요.

아내는 곧 임신을 했어요. 제무스의 아내가 죽은 기억이 남아 있는 나는 출산이 두려웠죠. 아내도 입덧으로 고생하고 누워서 일어나지 못하는 시간을 보냈어요. 마음을 달래려는 듯이 내 멜로디에 귀를 기울였죠.

"무사히 태어나렴. 무사히 태어나렴. 제발 부탁할게."

나는 온 힘을 다해 노래했어요.

내 바람은 이루어져서 아기가 무사히 태어났어요. 남자아이였죠. 아내도 무사해서 나는 하늘을 날 것 같은 기분이었어요. 만약 내게 눈이 있다면 우느라 소중한 음원을 망가뜨렸을지도 몰라요. 남편도 기뻐했어요. 아들이 태어나자 의욕이 더욱 샘솟는지 일에 몰두해서 늘 한밤중이 되어서야 아기의 자는 얼굴을 들여다보았죠.

아내는 애정이 깊은 사람이어서 아이를 돌보며 즐거워했어요. 무엇보다 나라는 든든한 동료가 있었으니까요. 아내가 요리하는 동안 나는 아기를 어르고 달랬어요. 제무스의 그 석조 집에서 했을 육아를 이 집에서 경험하게 되었네요. 만약이 현실이 됐어요. 그래요, 만약은 미래에 있는 거예요. 만약은 희망이에요. 꿈은 꾸면 이루어지는 거네요.

남자아이는 성장했고 반항기를 겪었어요. 특히 아버지에게 반항적이었는데 말다툼을 하다가 나를 바닥에 집어던지기도 했죠. 아버지를 때릴 수는 없으니까 나를 던진 거예요. 그때 음원을 덮은 유리가 깨졌어요. 아들은 내 가치를 몰랐나봐요. 아내는 나를 수리하러 보내주었어요.

뭐, 이렇게 어느 집에나 다 있는 문제가 생겨 아내는 가끔 우울해할 때도 있었지만 나를 들으면서 위안을 찾는 것 같았어요. 남편은 일벌레여서 종일 집에 없었는데 밤늦게 퇴근하고 나면 혼자 내 노래에 귀를 기울이곤 했죠. 나는 그 비밀스러운 시간을 꽤 좋아했답니다.

아내도 남편도 얌전하고 성실하고 따뜻한 사람이었어요. 나도 나이를 먹어 여기저기 고장이 나기도 했는데 아내는 바로바로 수리하며 나를 소중히 여겨주었어요.

내가 나이를 먹는 것처럼 아내와 남편도 나이를 먹었어요. 아내는 병에 걸려 점점 약해졌죠. 쓸쓸하지만 그래도 불행하진 않았어요. 부부 사이도 좋았고, 제무스 부부보다 훨씬 긴 세월을 함께 보냈으니까요. 그리고 아들도 그렇게 나쁜 녀석은 아니었어요. 엄마를 위로하려고 입원한 병실에 나를 데리고 가서 노래를 들려주다가 "다른 환자분한테 실례잖니"라고 혼나고 사죄하는 의미로 환자들에게 과자를 선물하기도 하는 착한 면이 있었어요.

나는 노래를 하며 아내를 간호했어요. 이후에 아내가 세상을 떠나자 남편도 쇠약해지기 시작했죠. 남편은 나를 맡아줄 사람을 찾느라 고심했어요. 본인이 보기에 아들은 영 탐탁지 않았나 봐요. 나도 과거에 던져진 트라우마 때문에 아들과 사는 것에는 저항감이 있었어요. 나는 이 부부가 좋아서 같이 무덤에 들어가고 싶었는데 남편은 나를 작은 가게에 맡기겠다는 유서를 남겼어요.

가게는 가게인데 F의 가게와는 다른 곳이어서 나는 팔리는 상품이 아니었어요. 그곳은 보관가게였어요. 물건을 보관하는 가게예요.

내 소유주는 지금은 세상을 떠난 그 부부예요. 유서에 따라 나는 보관가게에 50년간 맡겨졌어요. 나는 지금 백이십 살이니까 앞으로 50년은 도저히 버티지 못할 거예요. 이곳에서 마지막을 맞이하겠죠.

이곳을 내 마지막 장소로 정한 사람은 죽은 남편이에요. 그에게는 목표가 하나 있었죠. 내 생각인데요, 남편은 나한테 임무를 맡긴 거예요. 나는 그 임무를 받아들였고요.

아무튼 보관가게 주인은 나를 유리 진열장에 넣었어요. 자신에게 가깝고 손님에게도 보이는 곳이니까요. 때때로 소리를 낸다는 조건으로 맡았고 그 약속을 지켜서 나를 노래하게 해주었죠. 주인은 눈이 보이지 않아요. 그 대신 소리에 민감하죠. 내 노래를 아주 좋아했어요. 그런데 오르골에 대해서는 전혀 몰라서 다다미 위에 올려놓고 소리를 듣는 짓을 저지르지 뭐예요. 다다미 위에서는 소리가 효과적으로 울리지 않아요. 가르쳐주고 싶은데 안타깝네요. 저 낡은 좌식 책상이 제법 괜찮은 공명대가 될 것 같은데 그 위에는 늘 두꺼운 점자책이 있어서 내가 올라갈 자리가 없어요.

주인은 귀가 좋아서 내 노래를 들으며 즐거워했어요. 보관가게에는 사장님이라는 이름의 하얀 고양이가 있어요. 이 고양이의 반응도 참, 웃음이 터질 정도로 유쾌해요. 배를 보이며 꿈틀꿈틀 춤을 춘답니다.

사실 이 가게에 처음 맡겨져서 주인의 손바닥에 올라갔을 때, 내 안에 어떤 감정이 싹텄어요. 지금까지 느끼지 못한 감정이었죠.

지금까지 사람들에게 사랑받은 기억으로 벅차올랐어요. 그리고 그것을 쏟아부을 대상을 발견한 기분이었어요.

나를 가장 깊이 사랑해준 사람은 제무스예요. 그리고 제무스의 아내죠. 나를 가장 오래 사랑해준 사람은 일본인 부부고요. 각자 자기들만의 방식으로 사랑해주었어요.

나는 행복은 덧셈할 수 있다고 생각해요. 앞으로 어떤 불행이 기다리더라도 덧셈한 것을 뺄셈하지는 못한다고 믿어요.

퍼스가 일본인 부부에게 고작 그 금액을 받고 나를 넘긴 이유는 뭘까요?

그때는 그저 놀랍기만 했는데 일본에 와서 서서히 깨달았어요. 퍼스는 아마 최고의 만남을 연출하고 싶었을 거예요. 좋은 만남은 그만큼 시간이 필요하니 숙성 기간이 있었던 거죠.

그리고 또 한 가지 수수께끼, 바로 제무스가 나를 놓아버린 이유입니다. 오랫동안 풀지 못한 수수께끼였는데 최근에 드디어 그 답을 찾았어요. 제무스는 내게 행복한 미래를 주고 싶었던 게 아닐까요?

제무스는 나를 낳은 부모예요. 부모는 자식을 미래로 보내는 존재니까요.

행복한 미래를 손에 넣은 나는 지금 제무스 같은, 즉 부모 같은 마음입니다. 보관가게 주인을 행복하게 해주고 싶어요. 이것이 현재 내 바람입니다. 또 세상을 떠난 남편이 내게 맡긴 임무라고 확신해요.

보관가게 안에서 아름답게 노래를 부르며 주인의 인생을 더욱 행복하게 하는 것이 내 소망이자 임무입니다.

다행히 주인은 내 음색을 좋아해요. 나를 들으며 얼마나 즐거워하는지 알 수 있어요. 나는 주인의 마음을 달래는 동시에 주인과 바깥 세계를 연결합니다. 주인은 손님에게 나를 들려주고 함께 노래를 즐기며 대화를 나누죠.

나는 움직이지 못하는 그날이 올 때까지 주인의 행복을 바라며 노래할 거예요. 어느 날 갑자기 태엽이 끊어진다면 아쉽기는 하겠죠. 최소한 '좌식 책상에서 들어줬으면 얼마나 좋았을까' 하는 미련이 남겠죠.

주인이 좌식 책상에 나를 올린다는 생각을 할 날이 오긴 할까요?

만약, 그래요, 만약에요. 좌식 책상에 올라간 나의 깊은 음색을 들으면 주인의 심경은 어떻게 변할까요?

오늘도 주인은 나를 다다미에 놓았어요.

한 여중생이 듣고 싶어 해서 태엽을 감았죠. 그 중학생은 눈동자가 파랗고 머리도 금색이어서 어딘지 클라라와 닮았어요. 처음에는 눈동자가 까만 친구랑 왔고 오늘은 혼자 왔어요. 주인이 중학생과 함께 내 음색을 즐기고 있네요. 아, 고양이 사장님도요. 그 모습을 보니 저절로 미소가 나와서 이대로도 괜찮다는 생각이 들어요. 음, 그래도 말이죠.

좌식 책상, 아니, 유리 진열장이라도 좋아요. 그 위에서 노래하고 싶어요. 나는 어떤 음색을 낼까요?

'만약'은 미련입니다. 그 미련이 곧 '꿈'이고, 꿈은 이 세계에 태어났다는 보물 같은 증거입니다.

바다를 보러 가다

"그럼 대학 진학을 희망하는 거지?"

"네."

"잘됐다. 아버님께서 워낙 진학을 희망하셔서 우리도 그러려고 했는데 일단 본인의 의사를 확인해야 하니까."

야나기하라 선생님의 목소리는 다정했다. 안심했나 보다. 아마 미소를 짓고 있을 테니 나도 웃어 보였다.

여기는 신축 교사校舍 2층 남쪽의 진로 상담실이다. 창문으로 기분 좋은 바람이 들어온다. 창밖에는 70년 수령의 벚나무가 있는데 벌써 꽃이 다 진 모양인지 바람이 어린잎의 향기를 실어 왔다. 이 벚나무는 초등학교 6학년 때 구보즈카, 니시노, 그리고 나까지 셋이 둥글게 손을 잡아야 간신히 안을 정도로 줄기가 굵직했다. 지금은 어떨까? 고등학교 3학년이나 되어서 손을 잡고 재보자고 하기는 부끄러워서 해보지 못했다.

어린잎의 향기가 좋다. 꽃향기보다 더 좋다.

벚나무는 이 학교가 세워지기 전부터 있었다고 들었다. 땅 주인이 나무를 베지 않는 조건으로 도쿄의 일등지를 무상으로 대여해주었다고 한다. 벚나무뿐만 아니라 체육관 옆에 있는 수령이 200년 된 녹나무 역시 베지 말라는 조건이었다. 있는 것을 없애지 않고 새로운 것을 쌓아 올린다. 그 정신은 학교 교육 방침으로 고스란히 이어져 선생님들은 학생 개개인이 지닌 특성을 존중하는 자세를 갖추고 참을성 있게 대한다. 특히 야나기하라 선생님은 세포 전체가 성실함이라는 성분으로 구성된 것 같을 정도다.

"네 성적이면 학교 추천으로 갈 수 있는 대학이 많긴 하지만."

종이를 넘기는 소리가 났다. 내 머릿속에도 대학교 이름이 둥둥 떠올랐다. 추천 전형으로 진학하면 이 학교 졸업생이 있으니 안심이다. 내가 속한 육상부에는 매년 진학 희망자가 있어서 원하는 대학에 선배들이 있었다.

"일반 수험을 치러서 더 위를 노리면 어떻겠니?"

선생님의 이 말은 의외였다.

대답을 머뭇거리자 선생님은 "응? 얘가. 생각해본 적도 없는 표정이구나!" 하고 야단치듯이 말했다.

"법 앞에서는 모두가 평등해. 수업 시간에 그렇게 배웠지? 교육의 기회균등은 헌법이 보장하는 권리야. 미리 신청하면 어느 대학이든 시험을 볼 수 있을 거야."

있을 거야, 라고 말했다. **추측**으로 진로를 정하라는 건가?

"하지만 선생님, 사회 시스템이 전부 헌법을 따르는 건 아니잖아요."

"그렇지, 아쉽게도."

야나기하라 선생님은 순순히 인정했다.

"그런데 권리는 획득하는 것 아닐까? 지금 우리가 지닌 권리도 처음에는 누군가가 움직였으니까 있는 것 아니겠어?"

옳은 말이다. 내가 초등학교 때부터 이 학교에 입학해 부지 내 기숙사에 살면서 통학 걱정 없이 공부할 수 있었던 것 또한 누군가가 용기를 내어 내디딘 '최초의 한 걸음' 덕분이다.

그렇지만 내게 대학 진학은 그 자체로도 용기가 필요한 일이다. 기숙사와 학교 건물. 익숙한 영역에서 벗어나 미지의 세계로 나간다. 그것만으로도 엄청난 모험인데 일반 수험이라니. 점자로 시험을 치르는 특별 조치를 받으려면 신청을 해야 하고, 그러려면 그 학교에 여러 차례 방문해야 한다. 나뿐만 아니라 가족도 힘들다. 그리고 선생님도.

수험에 에너지를 소비하면서까지 위를 노릴 필요가 있을까? 애초에 '위를 노린다'가 뭔지도 모르겠다. 어찌 됐든 시각장애인은 특별한 취급을 받는다. 성적이 좌우하는 사회, 예를 들어 취직 활동 같은 자유경쟁에 끼어들 **권리**가 있을까.

"추천 제도를 이용하면 물론 편하겠지. 그래도 어려운 일에 도전하는 데 의미가 있지 않겠니? 기리시마 군은 일반 수험으로 더 위를 노릴 수 있으니까 하는 소리야. 수험 특별 조치에 드는 비용은 걱정하지 마. 국립대학교는 문부과학성이 보조해주니까. 문제는 시기야."

야나기하라 선생님은 일반 수험을 치른다는 것을 전제로 이야기를 계속했다.

"우리가 아무리 일찍 신청해도 대학은 12월이나 되어서야 승낙한다는 답변을 줄 거야. 생각해보렴. 센터 시험*이 1월이잖니? 최소한 반년 전에는 대답을 해줘야 하는데 말이야. 수험생이 지망 학교를 정하고 공부를 하려면 반년도 너무 늦지."

* 가 대학이 입학시험을 치르기 전에 전국에서 일제히 실시하는 공통 시험. 한국의 대학 수학 능력 시험에 해당한다.

야나기하라 선생님은 마흔 살이고 독신이다. 목소리는 더 젊은 느낌이다. 하루 24시간 내내 학생들을 생각하는 것 같다. 집에서 통학하는 학생이 있으면 익숙해질 때까지 전철을 함께 갈아타며 혹시라도 승강장에서 떨어지지 않도록 지도한다고 들었다. 선생님은 고등학교 보통과의 담임선생님이고 가르치는 과목은 세계사에 독서부 고문을 맡고 있다. 나는 중학교 때까지는 육상부와 독서부를 병행했는데 지금은 육상부만 하고 있다.

"네가 도전해주면 좋겠어. 후배들의 미래를 위해서."

"붙으면 좋겠지만요."

"붙을 거야. 너라면 어디든지. 일반 수험용 자료는 워낙 방대하니 이공계인지 인문계인지 정하면 점자로 옮겨 줄게. 네 성적이면 어디든 괜찮을 거야."

"법학부를 희망해요."

"집이 도쿄지? 집에서 다닐 수 있는 곳이 좋니?"

"가능하면 학생 기숙사가 있는 곳이 좋아요."

대답이 바로 돌아오지 않았다. 이상하다고 여기시려나?

"그래."

야나기하라 선생님이 속삭이듯 대답했다. 그리고 "역시 어려서. 자유로운 게 좋지?"라고 밝게 말했다.

나는 일어나서 고개 숙여 인사했다. 나가려고 하는데 야나기하라 선생님이 마침 생각났다는 듯이 "내일 기록 측정이랬지?" 하고 물었다.

"200미터 달리기였나?"

"100미터요. 그리고 멀리뛰기도."

"기록 경신할 수 있게 열심히 하렴. 또 다음 주에 전학생이 올 거야. 네가 좀 도와줬으면 하는데."

전학생? 이 시기에는 드문 일이다.

"학교 안내를 좀 해주겠니? 복도 보행 규칙이나 피난 규칙 같은 것도."

"알겠습니다. 기숙사는 괜찮나요?"

"여학생이거든. 음악과의 가와이 양이랑 같은 방이라 기숙사 안내는 그 애한테 부탁할 거야. 반이 보통과라서 교실 이동이나 수업에 관한 내용은 반장인 기리시마 군한테 부탁하고 싶어."

"알겠습니다."

문을 열고 나가자 "여어, 총리" 하고 말을 거는 소리가 들렸다. 니시노였다.

"진로는 정했어?"

"아직, 이제 정해야지."

"넌 이미 정했잖아. 총리는 도쿄대 법학부에 들어가서 졸업하면 정치가가 되고, 서른다섯 살에 최연소 총리대신이 되어 유엔총회에서 「봄의 시냇물春の小川」을 영어로 노래해야지. 우리 약속했잖아?"

"약속 안 했거든."

그건 중학교 운동회 때 공굴리기 경기에서 진 사람에게 억지로 강요한 벌칙 게임이지 '한다'고 하지는 않았다. 나는 "질 리가 없지"라고 말했다. 그리고 졌다. 그 후로 내 별명은 총리가 되었고 가끔 유엔이라고도 불린다.

"니시노 군, 수다는 그만 떨고 들어오렴."

야나기하라 선생님이 부르는 소리가 들렸다.

"너는 어떻게 할 거야?"

목소리를 낮춰 묻자 니시노는 "남자는 두말하지 않는다"라고 단호히 답하고 진로 상담실로 들어갔다.

나는 복도를 걸으며 니시노가 부럽다고 생각했다. 니시노는 초등학교 때부터 침술과에 들어가 국가 자격증을 따서 침술사가 되겠다고 했다. '눈이 보이는 애들보다 뛰어난 촉각을 살리는 최고의 길'이라고 주장했다. 단순하지만 맞는 말이다.

구보즈카 역시 단순한 녀석이었다. "빨리 집에 가고 싶어.

엄마가 만든 닭튀김이 먹고 싶어." 맨날 이 소리만 했다. 녀석의 꿈은 생각보다 빨리 이루어졌다. 병이 녀석의 소원을 들어주었다. 지금은 고향 무덤에서 바다를 바라보고 있겠지.

니시노와 구보즈카와 나. 우리 세 사람 사이에는 '죽으면 시력을 얻을 수 있다'는 신앙이 있다. 뭐, 초등학교 시절 이야기지만 나는 여전히 믿는다.

음악실이 가까워지자 들렸다. 음악과의 가와이가 연주하는 피아노 소리가. 소리를 들으면 가와이의 연주인지 바로 알 수 있다. 나는 멈춰 서서 귀를 기울였다. 선율이 아름다웠다.

고등학교 1학년 겨울에 열린 음악제 때 가와이의 피아노 연주를 처음 들었다.

그 소리는 귀가 아니라 피부로 스며들었다. 그날은 너무 추워서 강당도 냉동실이었다. 나는 두꺼운 스웨터 위에 재킷까지 입었는데, 가와이의 피아노 소리는 그런 천 조각 따위는 아랑곳하지 않고 일직선으로 내 몸 안에 쑥 들어왔다. 나만이 아니라 모두가 그렇게 생각했을 것이다. 단순하기로는 대왕급인 니시노도 옆에서 코를 훌쩍였다. 눈물이 날 정도로 아름다운 쇼팽의 「녹턴」이었다.

가와이의 집은 교토이고 중학생 때는 필라델피아라는 곳에서 살았다고 한다. 나처럼 중도 실명이 아니라 태어날 때부터 전맹슈틀이라고 들었다. 피아노 실력이 대단해서 폴란드의 피아노 콩쿠르 예선을 통과한 적도 있고 앞으로 피아니스트로서 장래가 기대된다는 소문이다.

교토에 필라델피아에 폴란드에, 가와이의 경력은 화려하다. 학생들의 정보망으로 얻은 프로필이라 어디까지 진실인지는 모른다. 아쉽게도 나는 가와이와 말을 나눠보지는 못했다. 학년이 같아도 보통과와 음악과는 접점이 없다. 운동회나 음악제 때만 어울린다.

니시노에게도 비밀인데, 나는 가와이의 팬이다. 나 같은 문외한이 들어도 감탄할 만큼 가와이가 연주하는 피아노는 아름답다. 어딘가 덧없으면서도 속이 꽉 찬 맑은 울림은 사람을 아주 쉽게 행복하게 해준다.

나는 가와이의 피아노와 만나기 전까지 예술은 왠지 모르게 난해하고 음침한 것이라 여겼다. 그래도 이제는 예술이나 문학이 사람을 행복하게 해주기 위해 존재한다고 생각하게 되었다.

가와이 미야코. 내가 몰래 지은 별명은 **행복의 피아니스트**다. 가와이는 피아노와 상성이 좋을 것이다. 그리고 마음도 외모도 아름다운 사람이겠지. 가와이는 음대에 진학할 것이다. 이렇게 가와이의 피아노를 듣는 것도 졸업하기 전까지다.

그건 그렇고 음색이 정말 아름답다.

가와이가 피아노를 연습하면 나는 가만히 귀를 기울여 멜로디를 머릿속에서 점자 음표로 바꿔 기억해뒀다가 나중에 어떤 곡인지 찾아보곤 한다. 컴퓨터에 점자 음표를 입력하면 곡명을 알 수 있다. 나는 초등학교와 중학교 수업 때만 음악을 접했지만 귀는 좋은 편이어서 소리를 음표로 바꿀 수 있다. 예전에는 가요만 들었는데 가와이 덕분에 클래식 음악과도 친해졌다.

방에 돌아가 조사하니 오늘 들은 곡은 무소륵스키의「전람회의 그림」이었다.

다음 날, 가랑비를 맞으며 기록 측정을 시작했다.

아쉽게도 100미터 달리기에서는 기록을 경신하지 못했다. 각오를 다지며 멀리뛰기 도움닫기를 준비했다. 보폭을 확인하는데 구름 사이로 내리쬐는 햇빛이 뺨에 느껴졌다. 태양이 환영한다고 생각하니 잘될 것 같았다. 준비를 마쳤다.

"기리시마, 준비."

체육 선생님의 목소리가 들리고, 곧 방향을 알려주는 손뼉 소리도 들렸다.

오른발부터 강하고 리드미컬하게 흙을 찼다.

하나, 둘, 셋, 넷, 다섯, 여섯, 일곱, 여덟, 아홉!

구름판에 발이 정확하게 들어갔다!

배에 힘을 주고 앞으로 뛴다!

팔을 크게, 등 뒤에서 앞으로, 공기를 잡듯이!

눈이 보이면 구름판이 시야에 들어와 자연스레 보폭을 맞추게 되어 도움닫기 속도가 줄어든다고 한다. 안 보려고 해도 어쩔 수 없이 눈에 들어와 몸이 반응한단다. 그렇다면 보이지 않는 우리가 유리할까? 아니다. 우리도 구름판을 의식한다. 넘어가면 파울이기 때문이다. 파울을 두려워하는 마음이 보이지 않는 것을 무리해서 찾으려고 한다. 보이는 것보다 더 안 좋다.

게다가 이쪽이라고 방향을 알려주는 손뼉 신호도 문제다. 달릴 방향은 알 수 있지만 대신 공포를 느낀다. 일상생활에서는 탈것이나 사람과 충돌하지 않으려고 소리가 들리는 쪽을 피해서 행동한다. 그런 습관이 들어서 소리를 향해 가는 행위에는 어쩔 수 없이 공포를 느낀다. 그런데 이때 나는 달랐다. 구름판도 소리도 전혀 아무렇지 않았다.

구름판에 발을 맞추는 것이 아니다.

내 발아래에 있는 것이 구름판이다.

나는 뛴다. 저 멀리 뛴다.

"조금만 천천히 걸어줄래?"

여자애의 짜증 섞인 목소리에 정신을 차렸다.

이곳은 구 교사 3층이고 나는 도서실 앞에 서 있었다. 지난주에 멀리뛰기에서 기대 이상의 기록을 내 그 순간이 자꾸만 떠올랐다. 솔직히 전학생을 안내하는 건 귀찮았다. 얼른 임무를 마치고 동아리 활동을 하러 가고 싶었다. 그 감각을 잊지 않게 반복해서 뛰고 싶었다.

나는 원래 냉정한 사람이 아니고 이 학교에 오래 다닌 만큼 신입생 안내도 자주 했는데, 이 전학생에게는 넌더리가 났다.

"기리시마랬지. 너무 빨리 걷잖아. 정말 안 보이는 거 맞아? 보이는 거 아니야?"

이렇게 가시 돋친 소리를 해댔다.

목소리로 짐작건대 그 애는 2미터쯤 떨어진 곳에 서 있었다. 불안하긴 할 것이다. 처음 온 곳은 당연히 무섭다. 그러나 동정심은 들지 않았다. 이시나가 사유리라는 영화배우 짝퉁 같은 이름도 마음에 들지 않았고 무엇보다 처음 만났을 때부터 태도가 괴팍했다.

"싫어요, 안내는 선생님이 해주세요. 눈이 보이는 사람이 좋아요."

나를 바로 앞에 두고 또박또박 말했다. 눈이 보이지 않으면 귀도 안 들린다고 생각하나? 가와이와 같은 방을 쓴다고 해서 친절하게 대하려고 했는데 호감도가 급강하했다. 단숨에 의욕을 잃었다.

야나기하라 선생님은 이시나가를 혼내지 않았다. 처음 만났을 때 태도가 안 좋다고 해서 매몰차게 굴지 않는다. 선생님이란 원래 그런 법이다.

"안심하렴. 기리시마는 나보다 이 학교에 오래 있었어. 체육 창고의 배구공 개수도 알고 그중에 몇 개가 구멍이 나서 못 사용하는지도 알아. 도서실 장서도 다 읽어서 점자 오타가 몇 개인지도 알고."

선생님도 선생님이다. 그렇게 말하면 마치 내가 융통성 없고 신경질적인 남자 같잖아. 그런 면도 있지만 그렇다고 꼬장꼬장한 성격은 아니다. 이래 봬도 나는 전맹 고등학교 멀리뛰기 신기록이라는 위업을 달성한 사람이다.

"여기가 도서실이야. 일단 다 돌았어."

싫은 일은 얼른 해치우자. 나는 안내를 빨리 마치려고 집중했다.

"세 걸음 걸어서 오른쪽에 손을 두면 문이야. 들어가볼까?"

조심조심 걷는 소리, 이어서 문을 여는 소리가 났다. 이시나가는 얼마 전까지 일반 학교에 다녔고 시력이 어느 정도 있다고 들었다.

"내 모습이 보여?"

"흐릿하게."

"따라올 수 있어? 혹시 못 따라오겠으면, 싫겠지만 내 어깨에 손을 올리거나 팔을 붙잡아도 돼."

이시나가는 말없이 내 오른팔 셔츠를 붙잡았다. 그러면 주름이 생기니 싫었다. 이시나가의 말투가 돌처럼 딱딱해서 머릿속에 울퉁불퉁 돌 같은 얼굴의 여자가 투박한 손가락으로 셔츠를 붙잡는 영상이 떠올랐다.*

나는 천천히 걸으며 서가를 설명했다.

"일반 도서관이랑 똑같이 장르별로 나뉘어 있어. 오른쪽이 소설, 그 옆이 평론. 각 카테고리 안에서는 작가 이름순이야. 점자랑 묵자, 나란히 놓여 있어."

"묵자?"

"눈으로 읽는 문자를 여기서는 묵자라고 해. 약시자**는 그걸 확대기로 읽어. 어디 해볼까?"

한 권을 꺼내 확대기로 안내했다. 이시나가를 앉히고 책을 펼쳐 놓았다.

"읽을 수 있어?"

"응. 이 작가 좋아해."

이시나가의 목소리가 아주 조금이지만 밝아졌다.

"여학생들한테 인기인 것 같더라. 이 작가의 작품은 전부 있어. 여기서 읽을 때는 따로 신청할 필요 없어. 이 기계도 자유롭게 쓸 수 있고."

지금 안내를 마치면 남은 한 시간은 동아리 활동에 참여할 수 있다.

"점자책 설명도 필요해?"

"점자는 못 읽어."

"보이면 배울 필요는 없지."

책을 서가로 돌려놓고 기계 스위치를 껐다. 이제 이시나가를 교무실로 데려다주면 끝이다.

"그만 가자" 하고 말했는데 이시나가는 셔츠를 잡으려 하지도, 혼자 움직이려 하지도 않았다. 의자에 앉아 있는지 서 있는지 기척도 안 느껴졌다.

"언젠가 안 보일 거래."

아래쪽에서 기어들어가는 목소리가 들렸다. 아직 의자에

앉아 있나 보다.

"그럼 안 보일 때 배우면 돼. 그러는 편이 빨리 배울 수 있어."

"그래?"

"배우지 않으면 아무것도 못 읽으니까. 그 길밖에 없으면 하게 돼."

나는 말하면서 내 진로를 생각했다. 추천 입학, 일반 수험, 학생 기숙사, 돌아갈 집. 내게는 여러 가지 길이 있다. 모두 싫지 않지만 그렇다고 이거다 싶은 것도 없다. 미래는 흘러가는 대로 그때그때 정한다. 그러면 된다.

"읽는 거 조금만 보여줄래?"

이시나가가 말했다. 어느새 일어났나 보다. 아주 가까이, 눈앞에 있는 것 같다. 답답했다.

"지금?"

"지금."

나는 동아리 활동을 포기하고 이시나가가 좋아한다고 말한 작가의 최신작 점자책을 꺼냈다. 이번에는 넓은 책상에 올려놓고 선 채로 손으로 읽으며 몇 행을 소리 내 읽어주었다.

"재밌을 것 같은 이야기다."

이시나가가 중얼거렸다. 마지막이 허무하게 끝난다만. 나는 이 작가의 책을 별로 좋아하지 않지만 점자책이 귀중해서 전부 다 읽었다.

"빌려 갈래? 묵자책."

"오늘은 괜찮아."

손으로 책장을 만지는 소리가 났다.

이시나가는 희미하게나마 시력이 남아 있지만 앞으로 잃게 될 것이다. 원래 가진 것을 잃으면 누구나 불안하다. 불편해지겠지만 불행해지지는 않는다고 알려줄 수 있으면 좋으련만. 하지만 그런 것은 타인이 알려줄 수 없다. 직접 깨달아야 한다.

"양손으로 읽는구나. 빠르다. 그렇게 빠른데 읽을 수 있어?"

"오른손으로 읽으면서 왼손으로 다음 행을 따라가는 거야."

평소 나는 더 빨리 읽는다. 독서를 좋아하기도 하고 읽는 속도도 워낙 빨라서 도서실에 있는 장서는 거의 다 읽었다. 조금만 느렸으면 느긋하게 즐길 수 있었을 텐데. 하지만 이야기가 어떻게 될지 궁금해서 나도 모르게 속도를 내게 된다.

"점자책은 자리를 차지해서 놓을 수 있는 작품 수가 정해져 있어. 근처에 구립 도서관이 있는데 거기에는 대형 활자본이나 음성 데이터도 있어."

"이용해도 돼?"

"여기 학생증이 있으면 등록할 수 있어. 간단해. 등록해두면 좋을 거야."

"자주 이용하니?"

"그럭저럭. 이 도서실의 책은 사전이랑 아동서 외엔 전부 읽었거든."

"책을 좋아해?"

"보통이야. 이제 됐지?"

"응."

도서실 안내를 마치고 교무실이 있는 1층으로 이동하기로 했다. 피난 경로를 알려주려고 외부 계단으로 천천히 내려갔다. 이시나가는 조금 뒤에서 쫓아왔다.

바람이 기분 좋았다. 이 계단은 해가 들지 않는 위치에 있다. 그렇게 습하지 않으니 오늘은 날이 맑을 것이다.

"저기, 기리시마는 아예 안 보인다면서? 지팡이 없이 어떻게 다녀?"

"교내는 전부 기억하니까. 어디에 문이 있고 계단이 몇 개가 있는지 알거든. 공기 흐름을 피부로 느껴서 문이 열렸는지도 알 수 있어."

"발 앞에 뭐가 있어서 걸리거나 하면 어떡해?"

"그때는 넘어지면 그만이지."

"사람이랑 부딪히면?"

"사물이랑 달리 사람의 기척은 알기 쉬워. 발소리도 나고 공기도 움직이니까. 가끔 부딪힐 때도 있지만."

"저기, 조금은 보이는 거 아니야?"

"안 보인다니까. 학교 밖에서는 지팡이를 써. 지팡이도 정해진 사용법이 있어. 어설프게 썼다가는 위험하고 다른 사람을 방해하면 안 되니까. 너도 조만간 배울 거야."

"지팡이라니. 싫다."

"편리해. 주변에 도움을 청할 때도 좋은 표시가 되고."

"도움을 받지 않으면 이동하지 못하는 거, 싫지 않니?"

나는 입을 다물었다. 이시나가의 말은 입에 들어온 모래처럼 불쾌했다. 너무 솔직한 말이라서 기분이 상했다. 누구나 조금은 불편한 점이 있다. 왜 그런 소리를 하지? 싫다고 해서 뭐가 달라지는 것도 아닌데.

"기리시마는 멋있네. 왜 그럴까?"

"뭐?"

"자세가 좋아. 왜 그렇게 자세가 좋니?"

이시나가가 하는 말은 불평과 질문으로 구성되어 있다. 시끄럽다.

"초등학교 때는 등이 굽고 생각할 때 몸을 흔드는 습관이 있었어. 중학교 때 선생님이 언제든 다른 사람이 보고 있다고 생각하라고 주의를 줬지. 몸에 자가 들어 있다고 생각하고 똑바로 펴고 있으라고."

"오호."

"여기 선생님들은 우리한테 기대를 걸고 있어. 우리 학생 중에 총리대신이 될 사람이 한 명쯤 나올지도 모른다고 말이야."

거짓말이 아니다. 교장 선생님이 가끔 조례 때 말한다. 공식적인 자리에 나가기에 부족하지 않도록 교육하는 것이 목표라고.

"회담에서 등이 굽거나 다리를 떨면 좀 그렇잖아? 한 나라의 대표는 꼿꼿하고 멋있어야 하지 않겠어?"

"그래도 현실에 멋있는 총리는 없잖아. 다 후줄근한 아저씨들이야."

그런가. 총리 중에 멋있는 사람은 없나. 왜지? 총리가 되기 전에 지치기 때문일까.

"기리시마는 총리라고 불리지? 다들 너한테 기대를 거는 거야?"

"글쎄다."

"자가 몸에 들어 있으니까?"

"아니야. 몸 안에 자가 들어 있다는 상상, 나는 아무리 해도 못 하겠더라. 그래서 어항으로 했어."

"어항?"

이시나가가 얼빠진 소리를 내며 되물었고 동시에 쿵 바닥을 구르는 소리를 냈다. 뛰어내렸나? 마침 마지막 계단참에 도착해서 다행이었다. 계단이었다면 발을 헛디뎠을지도 모른다. 위험하네, 위험해. 하던 이야기를 마치고 계단을 내려가는 편이 낫겠다. 나는 걸음을 멈추고 일부러 진지한 말투로 설명했다.

"물을 잔뜩 채운 어항이 몸 안에 있다고 상상했어. 물을 흘리면 안 된다고 의식했지. 매일매일. 그렇게 자세를 가다듬었어."

이시나가는 한동안 말이 없었다.

"내려간다" 하고 말하자 묵묵히 쫓아왔다. 우리는 1층에 도착해 교내로 돌아갔다. 말이 없으니 이동이 빨랐다. 조금 전까지만 해도 시끄럽다고 생각했는데 또 너무 조용하니까 불안했다. 이제 곧 교무실에 도착한다. 드디어 임무 끝이라고 생각했는데 다시 질문이 시작되었다.

"어항에 물고기가 들었니?"

이시나가는 내 말을 완전히 믿어버렸나 보다.

"있지. 어항이니까."

"어떤 물고기?"

"빨갛고 작은 거."

"빨갛다니, 기리시마, 색을 알아?"

"쉿."

피아노 소리가 들렸다. 복도 창이 열려 있어서 신新교사 쪽에서 나는 소리가 들렸다. 나는 멈춰 서서 머릿속에서 소리를 음표로 바꾸는 작업을 시작했다. 개를 대하듯이 '쉿'이라고 해서 이시나가가 돌처럼 화를 낼 줄 알았는데 생각보다 조용했다. 피아노 소리를 듣고 있나 보다. 아름다운 멜로디가 돌도 꿰뚫었다. 끝까지 다 듣자 돌이 말했다.

"베토벤의 「월광」이네."

"그 전학생은 그 후로 어때?"

학생 식당에서 점심을 먹는데 옆에 앉은 니시노가 말을 걸었다.

"총리는 마파두부 정식이네. 맛있는 냄새 난다. 나도 그거 먹을 걸 그랬네. 안닌도후杏仁豆腐* 있으면 반만 주라."

"너는 또 된장 라면이야? 다양하게 좀 먹어라."

니시노는 후루룩후루룩 힘차게 면을 먹었다.

"맨날 생각나."

"입에 음식 넣고 말하지 마."

"다음에는 다른 걸 먹으려고 하거든. 그런데 점심만 되면 다시 라면을 먹고 싶은 기분이 들어. 체질인가 봐."

"된장 라면 체질이냐?"

"간장 라면도 먹어. 그때그때 제일 먹고 싶은 걸 먹지. 그게 나만의 규칙이야. 그래서 전학생 말인데, 어떤 애야?"

"교내를 한 번 안내한 게 다라 잘 몰라."

돌, 즉 이시나가는 신기하게 여자들에게 인기가 좋아 반에 어렵지 않게 녹아들었다. 교실 이동도 전부 여학생들이 가르쳐줘서 나는 그날 이후로 도움을 준 적이 없다. 그렇게 느낌이 별로였던 이시나가를 여학생들이 흔쾌히 받아주다니 신기했다. 조만간 한바탕 말썽을 일으키지는 않을지 걱정이었다.

"나, 생물 시간에 같은 조가 돼서 얘기를 좀 나눠봤는데 느낌이 괜찮았어."

니시노가 돌 이야기를 하고 싶어 하는 것 같아서 조금은 받아주기로 했다.

＊　삶구씨 분말에 신탕, 생크림 등을 넣어 만든 푸딩.

"무슨 얘기를 했는데?"

"집이 어딘지 물었더니 나가노라고 하더라."

"그리고?"

"그 얘기만 했어. 목소리가 되게 좋더라. 나가노에 가보고 싶어졌어."

시끄럽다고 느낀 건 나뿐일까? 그날은 전학 온 첫날이어서 긴장했는지도 모른다.

"도오루!"

조금 먼 곳에서 나를 부르는 목소리가 들렸다. 깜짝 놀랐다. 아버지의 목소리였다.

"선생님께 외출 허가를 받았어. 같이 밥이라도 먹자!"

아버지는 식당에 들어오기 꺼려지는지 입구 근처에서 크게 외쳤다. 점심시간이 막 시작되어 식당에는 학생들이 왁자지껄 떠들면서 밥을 먹고 있었다. 말소리로 보아 전교생의 3분의 1은 있었는데 다들 외부자의 소리에 민감하다. '도오루, 밥이라도 먹자'가 모두에게 들렸을 것이다. 그냥 평범하게 들어와 내 옆에 서서 말을 걸면 될 텐데.

니시노는 입에 면을 가득 물고 "아버지야?" 하고 물었다.

이럴 때 니시노의 어머니는 내게도 꼭 말을 걸어준다. 아버지는 밖에서는 제 몫을 하는 사회인일지 몰라도 이곳의 예의는 모르는 사람이다.

"빨리 가. 안닌도후는 내가 맛있게 먹어주지."

니시노가 말했다.

나는 부끄러워서 그냥 "응"이라고 말하고 자리에서 일어났다.

니시노의 집은 도쿠시마에서 농사를 짓는다.

초등학교 5학년 여름방학 때 구보즈카와 한 달 내내 신세를 졌다. 할아버지와 할머니가 계시고 여동생과 남동생이 있고 사촌들까지 들락거리는 시끌벅적한 집이었다. 할아버지는 다리가 안 좋았는데 트랙터를 잘 다룬다고 했다. 그곳은 온갖 것이 뒤섞여 존재하고 모든 것이 개방적인 데다 나눠놓지 않아서 눈이 안 보이는 것쯤은 전혀 문제가 아니라는 듯이 여겨졌다.

할아버지가 우리를 불꽃놀이에 데려가겠다고 했다. 할머니는 "보이지 않을 텐데 안 됐잖아요" 하고 말렸는데 할아버지는 "엄청나게 크니까 보일 거요"라며 고집을 부렸다. 할아버지의 기분을 맞춰주려고 우리는 따라갔다. 펑 하고 터지는 어마어마한 소리가 우리 셋의 가슴에 울려 퍼졌다. 주변의 술렁거림, 타닥타닥타닥 불꽃이 지는 소리. 우리는 완전히 흥분해서 신이 났고 돌아와서도 모기장 안에서 "퍼어엉" 하고 외치며 낄낄대다가 어머니께 혼이 났다.

아버지가 교문 앞에 택시를 세워두었다.

너무 갑작스러워서 지팡이 없이 나오고 말았다. 내가 간 곳은 공기의 흐름을 전혀 느낄 수 없는 넓은 장소였다. 바닥에 융단이 깔린, 차분한 음악이 흐르는 호텔이었다. 벽을 만질 수 없는 곳은 공간을 인식하기 어려워 곤란하다. 아버지의 팔에 매달려 이동하는 수밖에 없었다. 2층에 있는 중식당에 들어가 자리에 앉고서 숨을 돌렸지만 산 넘어 산이었다. 먹고 싶은 걸 시키려고 해도 메뉴를 읽지 못하니 전부 아버지에게 맡겨야 했다. 테이블은 둥글고 빙글빙글 돌아가는 형태로, 돌려가며 원하는 음식을 집어 먹으면 된다고 아버지가 설명해주었다. 보이지 않는데 어떻게 집으라는 소린가. 남에게 부탁하는 수밖에 없다. 웨이터는 친절하게 "알레르기는 없나요?", "싫어하는 음식은 없나요?" 하고 아버지에게 물었다. 내가 어떤 음료를 마실지까지도.

식당에 가든 옷 가게에 가든, 사람들은 보통 눈이 보이는 쪽에 말을 건다. 이 문제를 두고 반 친구들끼리 토론을 한 적이 있다. 한 시간 가까이 토론한 결과, 차별은 아니라고 결론을 내렸다. 보이는 사람에게 아이 콘택트는 습관인 것 같다. 눈과 눈이 마주치는 것이 곧 '말을 걸어도 좋다'는 신호인 듯하다. 그러니 아이 콘택트를 하지 못하는 시각장애인에게는 말을 걸기 어려운 것이다. 그럴 땐 이쪽이 '말을 걸어줘'라는 신호를 보내면 문제 해결이다.

나는 웨이터에게 "저기요" 하고 말을 걸어보았다. 그러자 "네?" 하는 대답이 나를 향해 돌아왔다. 웨이터는 지금 나를 보고 있을 것이다. 신호 보내기, 성공이다. 기뻤는데 묘한 침묵이 흘렀다. 말을 걸어주길 바랐지 이쪽에서 하고 싶은 말은 딱히 없었다. 웨이터는 내가 할 말을 기다리고 있었다. 테이블 위에 뭐가 있는지 몰라서 불쑥 "마파두부 주세요" 하고 말했다. 웨이터는 "알겠습니다"라고 대답하고 내 앞에 그것을 놓아주었다.

그것은 마파두부가 맞았지만 상상과는 다른 맛이었다. 한 입 먹었을 뿐인데 입술이며 혀가 아릴 정도로 매콤했다. 고춧가루 캔을 실수로 뒤집어서 몽땅 다 들이부었나 싶을 정도였다.

웨이터가 보고 있을지도 모르니 맛있다는 듯이 먹었다. 한 입 먹을 때마다 물을 마셨다. 물은 다 마시면 바로 채워졌다. 잔에서 샘솟는 것 같다는 착각이 들 정도로 신속하게 채워졌다. 아마 모두 내게 친절하게 대하려고 최대한 노력하고 있을 것이다. 그래서 나도 친절에 최대한 응답했다. 덕분에 물배가 차서 디저트로 나온 안닌도후가 영 줄어들지 않았다.

아버지는 도쿄에 본사가 있는 회사에 다닌다. 반년 전부터는 홋카이도에서 근무하고 있다. 오늘은 본사 회의에 참석하려고 출장을 왔다고 했다.

"집은 사람이 살지 않으면 금방 엉망이 되더라고."

아버지가 말했다.

"오랜만에 집에 갔더니 비가 새서 다다미에 곰팡이가 생겼더구나."

어느 다다미? 가게의 높은 마루? 아니면 거실?

"언제 도쿄로 오세요?" 하고 물었더니 "그건 아빠가 정할 수 있는 게 아니야"라는 대답이 돌아왔다.

아버지는 나보다 서른 살이나 많은데 자신이 살 곳조차 정하지 못한다. 어른이 된다고 자유로워지는 건 아닌가 보다.

"음식도 맛있고 경치도 좋고. 살기 편한 곳이야. 아빠는 거기 살면서 5킬로나 쪘어."

팔을 붙잡았을 때 이미 알아챘다. 아버지는 숫자에 약한 모양이다. 8킬로는 찐 것 같다. 살이 쪘다는 건 행복하다는 뜻일까? 아니면 건강이 안 좋다는 뜻일까?

아버지는 따뜻한 차라도 마시자고 했다.

"아빠는 커피를 마시마"라고 하더니 곧 "집을 처분하려고 해"라고 말했다.

나는 갑자기 기분이 안 좋아졌다. 물에 취했나 보다.

"야나기하라 선생님께 들었는데 일반 수험을 치르기로 했다면서."

"아직 정하지 않았어요."

나는 불쾌해진 기분을 들키지 않으려고 가까스로 대답했다.

"이것저것 신청해야 돼서 고생일 거예요."

기분이 나쁜 탓인지 번거로운 절차를 다 해낼 수 없을 것 같았다. 그런데 아버지는 기운이 펄펄 나는 듯했다.

"아빠가 할 수 있는 건 다 해줄 테니까 도전해보렴. 학생 기숙사가 있는 대학을 희망한다면서?"

"그야, 통학하기 편리할 테니까요."

"그렇지. 찬성이야. 그 얘기를 듣고 집을 처분하기로 했단다."

나는 이제 토할 것 같았다. 물이 아니라 집이다. **집을 처분한다**는 말이 내 몸 상태를 악화시켰다. 니시노가 점심시간이 되면 라면이 먹고 싶은 체질이듯 나는 집을 처분한다는 말을 들으면 기분이 안 좋아지는 체질이다.

"도오루도 집을 별로 좋아하지 않았잖니."

아버지는 커피를 주문하려고 웨이터를 찾고 있는지 내 안색을 깨닫지 못했다.

"정월에나 돌아오고 여름방학에도 얼굴을 거의 보여주지 않았지."

안 좋아한다거나 그런 문제가 아니었다.

"그 집은 조상 대대로 물려받았어. 아빠는 장남이라 책임감을 느끼며 살았지만 이젠 가게도 운영하지 않고 가족도 없으니 계속 가지고 있을 이유가 없어. 팔아서 네 학비로 쓰자. 외국에 유학을 다녀오면 어떻겠니? 배리어프리 주택*을 장만해도 좋고."

"거길 팔면 어디로 돌아오면 되는데요?"

"그러니까 주택을 사자고."

"나 말고 엄마가 돌아올 곳이요."

아버지가 입을 다물었다. 나는 가라앉은 분위기를 개선하려고 노력할 만큼 컨디션이 좋지 않았다. 구역질을 참으며 어떻게든 이 시간을 버티고 있었다. 근처 테이블에서 접시와 잔이 부딪히는 소리가 들렸다. 웨이터는 가까이 있지 않은 것

---

* 배리어프리는 장애인이나 고령자 등 사회적 약자에게 지장이 되는 물리적 장애물이나 심리적 장벽을 없애자는 운동, 그런 시책 등을 말한다. 따라서 배리어프리 주택은 계단이나 문지방 같은 턱을 없앤 주택을 의미한다.

같다.

아버지와 나뿐, 아버지와 나뿐. 아버지와 나뿐인 세계.

"엄마는 돌아오지 않는다."

아버지가 이를 악물고 말했다.

기리시마 집안은 원래 화과자 가게를 운영했다. 2대째인 아버지는 과자점을 잇지 않고 회사에 취직했다. 아버지 대신에 엄마가 가게를 물려받았다. 아버지와 엄마가 어떻게 알고 결혼하게 되었는지 나는 모른다. 그런 것에 호기심이 생겼을 무렵에는 엄마가 없었고, 아버지에게는 물어볼 분위기가 아니었다.

초등학교에 올라가기 한 해 전이었을 것이다. 나는 엄마가 운전하는 배달용 소형 트럭 조수석에 탔다가 사고를 당했다.

병원에서 의식을 되찾고 아버지와 의사, 간호사의 목소리를 들었다. 엄마의 목소리는 없었다. 그래도 엄마는 있었다. 내 손을 꼭 붙잡아준 것은 분명 엄마의 손이었다. 잠에 들었을 때도 계속 그 손이 곁에 있었다. 엄마는 천식이 있어서 저녁이면 기침을 한다. 꿈을 꾸면서 기침 소리를 들은 기억이 있다. 콜록콜록콜록, 기분 좋은 리듬으로 가랑비가 내리는 듯한 소리. 그 덕에 엄마가 병실에 계속 있어준 사실을 알았다.

그런데 의식이 돌아온 이후로 엄마가 단 한 번도 내게 말을 걸어주지 않아서 없는 것 같기도 했다. 나는 이제 눈으로 엄마를 볼 수 없어서 목소리라도 듣고 싶었는데, 엄마라고 불러도 대답해주지 않았다. 그래도 내 몸을 정성껏 닦고 손을 잡아주었다. 그리고 아주, 아주 많이 슬퍼했다. 손바닥 너머로 전해졌다. 목소리가 나오지 않을 만큼 엄마가 낙담했다는 것이.

나는 "금붕어, 먹이 좀 줘"라는 말을 차마 하지 못했다.

가게에 온 손님이 축제에서 낚았다면서 선물해준 금붕어 세 마리. 어항에 넣고 키웠는데 두 마리는 금방 죽고 새빨간 한 마리만 남았다. 내가 먹이를 주는 담당이었다. 내 금붕어다. 입원한 사이에 굶어 죽으면 어쩌나 싶어 걱정이었다.

시간이 며칠이나 흘렀을까, 나는 퇴원했다. 제일 먼저 살펴봤는데 항상 놓아두는 곳에 어항이 없었다. 죽었는지 물어보기 무서워서 누가 보관해주고 있다고 믿기로 했다.

나는 엄마가 미리 준비해둔 책가방을 메지 않고 아버지가 알아온 맹인학교에 입학했다. 학교에는 곧 익숙해졌다. 여름방학이 되어 집에 돌아오니 가게는 문을 닫았고, 엄마는 있었고 목소리도 들었지만 "밥 먹으렴"이나 "목욕해야지" 같은 꼭 필요한 말만 해서 서먹서먹했다.

학교 이야기를 하고 싶었지만 엄마의 마음이 어떤지 몰라서 말할 수 없었다. 그 무렵에 나는 보이지 않는 세계에 익숙해지느라 정신이 없어서 엄마를 깊이 생각할 여유가 없었다.

학교에 돌아가면 편했다. 친구도 생겨서 점점 즐거워졌다. 학교에 있으면 나는 특별한 존재가 아니었고 원하는 대로 마음껏 행동할 수 있었다. 겨울방학이 되어 이야기 꾸러미를 잔뜩 안고 돌아왔는데 집의 시간은 멈춘 상태 그대로였다. 엄마는 여전히 슬퍼했고 아버지도 나를 특별 취급해서 시시했다. 그러다 보니 집에 돌아가기 꺼려졌고 그래서 봄방학 때는 돌아가지 않았다. 여름방학도 겨울방학도 가능한 한 기숙사에 머물며 돌아가지 않았다.

그러는 사이에 엄마가 사라졌다. 내가 고작 아홉 살이었나, 대충 그런 나이였다. 처음에는 엄마가 마침 집에 없을 때 내가 온 줄 알았다. 그런데 다음에 왔을 때도, 그다음에 왔을 때도 없었다. 나는 아버지에게 시시콜콜 물으면 안 된다는 것만은 알고 있었고 엄마가 곧 돌아오리라 믿었는데 그렇게 7년이란 세월이 흘렀다.

내가 집에 돌아가지 않아서 엄마가 상처를 받은 걸까? 나는 집을 싫어하지 않았다. 돌아가고 싶었지만 집에서 어떻게 행동하면 좋을지 몰랐을 뿐이다.

나는 작게 심호흡하고 말했다.

"엄마 탓이 아니었어요."

"뭐라고?"

"그때 고양이가 앞을 가로질러 갔어요. 내가 봤어요. 그래서 고양이가 있다고 외쳤어요. '엄마, 위험해요, 고양이예요'라고요. 엄마는 미처 못 봤어요. 내가 말하고 나서야 알고 급브레이크를 밟았어요."

내 기억은 거기까지다. 뒤에 오던 차가 우리 차와 충돌해서 체구가 작은 나는 전방 유리에 머리부터 들이받았다고 들었다. 다행히 뒤차에 다친 사람은 없었다.

"내가 알려주지 않았으면 엄마는 고양이를 쳤을 거예요."

그랬으면 나는 가방을 메고 다른 애들과 함께 학교에 다녔을 것이다.

아버지는 묵묵부답이었다.

"고양이를 치지 않아서 다행이라고 생각해요."

아버지는 여전히 말이 없었다.

"엄마는 곧 돌아올 거예요."

내 목소리는 고독하게 허공을 떠돌아다녔다.

아버지가 웨이터를 불러 계산을 마쳤다. 그리고 택시에 나를 태워 학교까지 바래다주었다. 아버지는 헤어지면서 이렇게 말했다.

"아빠였다면 고양이를 쳤을 거다."

아아, 그렇구나. 나는 그때서야 알았다. 아버지와 엄마는 이혼한 거다.

아버지는 엄마를 용서하지 못했고 엄마는 자기 자신을 용서하지 못해서 이혼했다. 상상하고도 남았을 일인데 나는 단 한 번도 그렇게 생각한 적이 없었다.

신발장에서 신발을 갈아 신으면서 나는 조금 울었다. 부모님이 내가 불행하다고 믿는 것이 분했다.

그분들은 모른다. 내 발아래에 구름판이 있다는 사실을. "있어요, 여기 있다고요!"라고 소리쳐도 그분들에게는 보이지 않겠지.

증명해야 한다. 몇 년이 걸리더라도.

도서실 창문을 열고 책을 읽고 있었다. 오늘은 기온은 높은데 바람이 시원하다.

어제 1학기 기말시험이 끝났다. 종업식까지 수업은 없다. 수험에 집중하려고 동아리 활동은 은퇴했다.

나는 일반 수험을 치르기로 했다. 목표는 도쿄대 법학부. 국내 문과 계열 중에서 가장 높은 성적이 필요한 학과다. 합격하면 야나기하라 선생님이 말하는 '후배들의 미래를 위해서'가 될 테고, 아버지도 나를 자랑스럽게 여길 것이다. 나중에 총리대신이 되어 내가 불행하지 않다는 걸 증명해 보일 테다. 국회 중계를 보면 엄마도 내가 성공한 줄 알겠지.

오늘은 오전 중에 공부를 많이 했으니 오후에는 3시까지 좋아하는 소설을 읽기로 했다. 시험이 끝난 도서실에는 아무도 없었다. 독차지한 기분이었다.

삐삐삐삐삐, 맞춰놓은 손목시계 알람이 울렸다. 최신식 음성 시계다. 도쿄대 수험을 치르겠다고 하자 아버지가 보내주었다.

벌써 3시인가. 책을 읽기 시작하면 시간이 순식간에 흐른다. 재미있는 부분인데. 읽던 장은 끝까지 읽기로 했다. 다음 내용이 궁금해서는 아니다. 이미 알고 있다. 이 소설을 읽는 건 세 번째다. 책은 반복해서 읽는다. 점자책이 적어서 어쩔 수 없는데 다시 읽을 때마다 좋아지는 책도 있다. 이 책도 그중 하나다.

"수험 공부 하는 거야?"

갑자기 뒤에서 돌의 목소리가 들렸다. 나쁜 짓을 한 것도 아닌데 움찔했다. 책을 읽고 있으면 청각이 둔해져서 사람이 들어와도 모를 때가 있다.

대체 언제부터 있었던 거지?

이시나가는 내가 읽고 있는 점자책을 멋대로 끌어가서 페이지 위에 손바닥을 올렸다. 손가락과 손가락이 닿았다. 나쁜 짓을 한 것도 아닌데 나는 황급히 손을 거뒀다.

"고, 사, 쿠?"

읽는 법을 조금은 배운 모양이다. 그러나 불쾌한 태도는 여전했다. 이시나가의 말투는 뭐랄까, 느닷없이 돌을 집어 던지는 것처럼 난폭했다.

"소설이야."

"무슨 소설인데?"

나는 불쾌함을 표현하려고 대답하지 않았다.

"뭐야, 말하지 못하는 거 보니까 야한 소설이구나?"

"이노우에 야스시의《북쪽 바다北の海》라는 소설이야."

당황해서 대답해버렸다. 돌에게 휘둘리고 있다. 정신 좀 차리자.

"바다라고? 좋다, 로맨틱해. 나도 읽어볼까?"

"긴 소설이고, 그런 얘기도 아니야."

"그런 얘기라니?"

로맨틱이라는 단어는 어딘지 여성스러워서 입에 담기 싫었다.

"**즐거운 얘기**가 아니거든. 여자가 읽기에는 재미없을 거야."

"역시 야한 건가 보네?"

돌은 나를 말로 이기고 싶은 모양이다. 귀찮아서 "그럴지
도 모르지"라고 대답했다.

나는 좋아하지만 남에게 추천하기는 어려운 책이 있다.
이 소설은 이노우에 야스시의 자전적 소설인《시로밤바》,《여
름 풀과 겨울 파도夏草冬濤》의 속편으로 부모와 사이가 멀어진
고사쿠가 수험에 실패해 재수 생활을 하는 시기의 이야기다.
머리로는 공부해야 한다고 생각하면서도 유도에만 열중하느
라 시간을 보내며 어물대고 있다. 한심한 녀석이지만 자기 이
익을 챙기려 들지 않는 성실한 인품을 지녔다. 부모와 느끼는
거리감이 나와 비슷해서 읽다 보면 마음이 편해진다. 아마 강
하고 올곧고 단순한 사람은 고사쿠의 어리바리한 면을 이해
하지 못할 것이다. 재미없을 것이 뻔하니 남에게 추천하고 싶
지 않았다.

"내일 외출 허가를 받았어."

이시나가는 즐거워 보였다. 수험을 치르지 않는지 여름방
학 전까지 놀면서 지냈고 여름방학이 되어서도 놀면서 지낼
예정인가 보다. 여유 만만해 보였다.

"야나기하라 선생님, 바로 허락해주셨어. 역시 반장은 믿

음직하다."

"무슨 소리야?"

"총리랑 같이 간다고 했거든, 나."

"내가? 너랑? 왜 내가?"

"가와이도 같이 가는데."

화끈, 하고 얼굴에 열이 올랐다. 행복의 피아니스트. 맞아, 이 돌은 가와이와 같은 방이다. 방심하면 안 된다. 가슴이 두근두근 뛰었다. 돌한테 들리지 않았으면 좋겠는데.

"요 근처 구립 도서관에 가서 이용 등록을 하고 싶어. 가와이도 등록하고 싶대. 총리는 등록했다면서. 우리 둘을 안내해주라."

아마 지금 내 얼굴은 붉을 것이다. 이시나가에게는 안 보이겠지만 그래도 걱정이었다. 이게 제멋대로 굴고 말이야. 가와이라는 탐스러운 당근을 내걸어 남자를 수중에 넣으려고 하다니, 비겁하다.

"눈이 보이는 사람이 좋지 않겠어?"

냉정함을 가장하고 비꼬았다.

"괜찮아, 괜찮아. 눈이 안 보여도. 흐릿하지만 내가 보이니까. 그래도 지팡이는 가지고 와. 나는 아직 잘 못 쓰거든."

황당하다 못해 넋이 나가서 나는 약속 시간과 장소가 일방적으로 정해지는데도 "알았어"라고 대답할 수밖에 없었다. 돌이 나간 뒤, 창 너머로 동아리 활동을 하는 학생들의 소리가 들렸다. 다들 달리고 있다. 뛰고 있다. 나도 달리고 싶다. 뛰고 싶다.

하지만 그럴 수는 없다. 도쿄대 법학부를 졸업하고 총리대신이 되려면 일단 도쿄대 법학부에 합격해야 한다. 공부가 최우선이다. 내일 분량만큼 공부를 해두어야 한다. 《북쪽 바다》를 포기하고 영어 단어를 외웠다.

집중하니 동아리 활동을 하는 소리가 들리지 않았다. 시간이 쏜살같이 흘러 도서실의 문을 닫을 시각이 되었다. 기숙사로 돌아가는 도중에 야나기하라 선생님이 나를 불러 세웠다.

"공부, 잘하고 있니?"

"네."

"도쿄대는 점자 수험이 가능하대. 어떻게 신청해야 하는지는 종업식 후에 알려줄게."

"감사합니다."

"기리시마 군, 여유로워 보이네. 차분해."

"안 그래요. 저도 필사적이에요."

"내일 이시나가 양이랑 외출한다며?"

야나기하라 선생님은 갑자기 놀리는 말투가 되었다.

"그, 그게, 도서관 등록을 하고 싶다고 해서요."

나는 별안간 말문이 막혀 어물거렸다.

"차 조심하고. 통금 시간은 꼭 지켜야 한다."

야나기하라 선생님이 말했다.

무슨 소리를 하나 싶었다. 기숙사 통금은 저녁 7시다. 가까운 도서관에 가는 데는 그렇게 시간이 걸리지 않는다. "네" 하고 대답하자 선생님이 어깨를 툭툭 쳤다.

기숙사에 돌아와 니시노의 방으로 향했다. 니시노는 누워 있었다.

니시노는 기말시험이 끝나면 꼭 열이 난다. 내일 같이 외출하자고 해서 이시나가와 이야기할 기회를 만들어줄 생각이었는데 무리일 것 같다. 밤을 새워 공부하니 이렇다. 평소에 해두면 될 것을. 차가운 우롱차를 주며 "지혜열이냐?" 하고 놀렸다.

"누워서 라디오를 듣고 싶은데 이어폰이 어디 있더라?"라고 말해서 두 번째 서랍을 열어 꺼내 주었다. 물건을 둔 곳을 자꾸 깜박하고 없어졌다고 난리를 피워서 녀석의 방에 있는 물건은 전부 내가 정리해서 기억해두었다. 니시노는 소중한 것, 예를 들어 CD는 '실수로 밟아서 깨뜨리면 안 되니까'라는 이유로 내 방에 맡겨두곤 했다. 내 뇌를 믿고 기댄다. 구보즈카도 내게 기댔었다. 지금은 손이 갈 일이 없지만.

문득 걱정이 되어서 니시노의 이마를 찾아 손을 댔는데 녀석이 "역무원 아저씨, 치한이에요!"라고 외치며 내 손을 뿌리쳤다. 뜨겁긴 했지만 열이 높지 않아서 다행이었다. 내일 어떤 옷을 입으면 좋을지 상담하고 싶었는데 말을 꺼내지 못했다.

다음 날 아침, 약속한 오전 10시에 정문으로 가니 벌써 와 있던 이시나가가 "가와이는 피아노 연습을 하겠대"라고 말했다.

한 방 먹었다. 당근이 가짜일 가능성을 염두에 두었어야 했다. 나는 바보처럼 의심하지 않았다. 이렇게 쉽게 속아 넘어가다니 외국과의 교섭은 무리가 아닐까. 총리대신이 되지 못할 것 같다.

입을 꾹 다물고 정문을 나가자 이시나가가 내 오른팔을 붙잡았다. 그래서 나는 왼손으로 지팡이를 들었다. 싫은 사람이어도 방향과 보조를 맞추지 않으면 위험하니 어쩔 수 없다.

"이쪽으로 쭉 가면 돼."

그러자 이시나가가 "그쪽 아니야"라고 했다. 그리고 이어서 말했다.

"역으로 가자."

"역에 왜 가는데? 도서관에 가는 거 아니야?"

"지금부터 바다에 갈 거야."

"무슨 헛소리야?"

"도서관은 나 혼자서도 갈 수 있어. 바다니까 파트너가 필요한 거지."

"나는 네 파트너가 아니고, 바다는 대체 왜 가는데."

"나가노에는 바다가 없어. 바다, 본 적이 없단 말이야. 빛을 완전히 잃기 전에 바다를 보고 싶어."

이 돌 녀석은 제멋대로 주절대면서 마치 그게 당연한 권리라는 듯이 주장했다.

나 역시 바다를 본 적이 없다. 엄마가 늘 바빠서 해수욕을 하러 간 적이 없었다. 유원지도 간 적이 없다. 스키도 안 타봤다. 예고도 없이 빛을 잃었으니 죄다 전멸이다. 이시나가처럼 차츰차츰 암흑이 닥쳐오는 느낌은 어떨까?

희미하게나마 빛이 존재하는 건 희망이 있다는 뜻일까? 그렇다면 암흑은 절망인가? 나는 별로 절망스럽지 않은데.

어쩔 수 없이 왼쪽으로 걷기 시작했다. 이시나가는 바싹 붙어 따라왔다. 역까지는 우리 걸음으로 15분쯤 걸린다. 이시나가는 고맙다는 말은 생략하고 "바다라고 아무 데나 다 좋은 건 아니야'라고 뻔뻔하기 짝이 없는 소리를 했다.

"가마쿠라의 유이가하마由比ヶ浜 해변이 좋아."

나는 기가 막혔지만 걸음을 멈추지 않았다. 어쨌든 지금은 조금이라도 좋으니 앞으로 나아가는 것이 최선이다. 통금을 지키라는 야나기하라 선생님의 말씀이 떠올랐다.

그건 그렇고, 돌 같은 이시나가는 정말이지 뻔뻔해서 내 평가는 쭉쭉 내려갈 뿐이었다.

"왜 하필 가마쿠라야? 더 가까운 바다는 안 돼?"

"어려서 거기 팸플릿을 봤거든. 바다가 예뻤어."

"시간이 걸릴 거야."

"요코스카선線을 타고 가면 된대."

"아니야, 여기서 가려면 먼저 유라쿠초선을 타고 이케부쿠로까지 가서 JR 쇼난신주쿠라인을 타고 가마쿠라에 가서 에노덴을 타야 해."

다행히 나는 철도 노선을 잘 알았다. 관동 근교 노선도는 전부 머리에 입력해두었다. 니시노와 철도 여행 계획도 세우곤 했다. 시뮬레이션만 했지 실제로 간 적은 없었다. 나도 니시노도 멍석이 깔리면 겁을 집어먹는 성격이다.

역에는 점자 블록이 있다. 이용 방법은 초등학교 때부터 수업 시간에 배웠다. 지팡이로도, 발의 감각으로도 정보를 읽

을 수 있다. 머리에 철도 노선도가 있고 역에 점자 블록이 있
으니 갈 수 있을지도 모른다. 아버지가 준 손목시계를 차고
오길 잘했다. 시간은 중요한 정보다.

"에노덴이 뭐야?"

돌 녀석은 철도를 잘 모르는 모양이다.

"에노덴 노선에 유이가하마라는 역이 있어."

"거기에 갈 수 있어?"

"갈 수 있을 거야."

"'거야'는 뭐야. 믿음직스럽지 않잖아."

이시나가는 불만인 듯했다.

진로 상담실에서 선생님과 나눴던 대화가 떠올랐다. '거
야'라고 말하는 쪽은 제법 확신에 차서 말한다는 것을 새삼스
레 깨달았다. 그리고 듣는 쪽은 불안해진다는 것도.

"반드시 갈 수 있어."

나는 고쳐 말했다.

그로부터 10분 뒤, 나는 역에서 점자 블록을 찾느라 쩔쩔
맸다.

일단 블록을 찾기 어려웠고, 간신히 찾아도 사람들이 걷
고 있어서 부딪혔고, 물건이 놓여 있어서 정보가 끊기는 등
하나도 도움이 되지 않았다. 전부터 점자 블록이라는 용어 자

체가 이상했다. 왜냐하면 점자가 새겨져 있지 않으니까. 정확히는 시각장애인 유도용 블록으로, 유도 블록과 경고 블록 두 종류가 있다. 즉 '걸어도 된다'와 '주의해야 한다'라는 사실만 알려준다. 익숙한 루트라면 도움이 되지만 아니면 쓸모가 없다. 이런 날이 올 줄 알았으면 니시노와 여행을 해둘 걸 그랬다.

역을 처음 이용하는 것은 아니었다. 하지만 집까지 가는 정해진 루트만 이용했고 내 뇌는 기억은 잘하지만 응용은 잘 못한다.

"실례합니다!"

그때 갑자기 이시나가가 소리를 높였다.

"유라쿠초선을 타고 이케부쿠로에 가고 싶은데 어느 전철을 타야 하나요?"

큰 소리로 또박또박 말했다. 그러자 곧바로 "나도 그걸 타니까 같이 가요"라는 여성의 목소리가 들렸다. 그 여성이 이시나가와 손을 잡았거나 팔짱을 꼈는지 나는 이시나가에게 팔을 붙잡힌 채로 셋이서 졸졸 이동해 간신히 전철을 탔다.

"감사합니다! 내릴 수는 있어요."

이시나가가 말했다.

활기차고 상쾌하고 느낌이 좋았다. 아무래도 이시나가는

나 이외의 사람에게는 이런 식으로 말하나 보다. 나는 어땠는가 하면, 사근사근한 두 여성에 감탄하느라 감사 인사를 하는 것도 깜박해 한참 뒤처진 타이밍에 고개를 숙였다.

이케부쿠로에 도착하자 사람이 많이 내렸다. 우리도 휩쓸려서 어찌저찌 플랫폼에 내렸다.

이시나가는 내리자마자 "저기, 죄송한데요!" 하고 말을 걸어 전철을 어떻게 갈아타면 되는지 설명을 들었다. 망설이는 법 없이 바로바로 질문했다. 돌을 던지듯이 퐁당퐁당 말을 걸어 원하는 정보를 손쉽게 얻었다. 그런데 기억력이 안 좋아서 "다음은 오른쪽으로 돌라고 했나? 왼쪽이었나?" 하고 금방 잊어버렸다. 나는 들은 설명을 한마디도 까먹지 않았다.

그렇게 이시나가가 질문하고 내가 기억하는 팀플레이로 차근차근 나아가 마침내 가마쿠라에 도착했다. 전철 안에서는 대화를 나누지 않았다. 안내 방송을 놓치면 안 됐기 때문이다.

전에 "도움을 받지 않으면 이동하지 못하는 거, 싫지 않니?"라고 말했던 이시나가가 나서서 도움을 청했고, 나는 단순히 기억하는 담당이었다. 그게 웃겨서 전철에서 무심코 웃음을 터뜨릴 뻔했지만 꾹 참았다.

이시나가는 전철에서 내리자마자 안심했는지 "배고프다"

하고 중얼거렸다. 나도 배가 고팠다. 사람들의 움직임을 쫓아서 개찰구를 나온 우리는 똑같은 생각을 했다.

"오른쪽에 햄버거 가게가 있어."

냄새로 알았다. 우리는 코에 의지해 가게에 도착했다.

"입구는 여기인 것 같아."

이시나가가 어렴풋하게나마 볼 수 있어서 밖에서는 큰 도움이 되었다.

이시나가는 나가노에서 친구들과 이런 가게에 자주 다녔는지 능숙하게 자기 것을 주문했다. 나는 니시노와 학교 근처 햄버거 가게에 몇 번 간 적이 있었다. 그때와 같은 것을 주문했다. 치즈버거와 감자튀김과 초콜릿 셰이크. 니시노는 면류를 좋아하지만 "후학을 위해서"라며 가끔 카페나 이런 가게에 나를 끌고 갔다. 이때 '후학'은 물론 데이트인데, 엉뚱한 상황에 도움이 되었다.

배가 차자 진정이 되었다.

"가마쿠라에 도착했어."

이시나가가 들떠서 말했다.

처음 만났을 때는 돌처럼 울퉁불퉁한 얼굴일 거라고 생각했는데 지금은 약간 부드러운 느낌일지도 모른다는 생각이 들었다. 같은 돌이라도 반질반질 둥그스름한 돌일지도 모른다.

내가 점자 블록을 잘 찾지 못해도, 갈아타다가 어물거려
도 이시나가는 화를 내거나 짜증을 부리지 않았다. 이시나가
가 돌을 던지는 건 대체로 내가 여유로울 때다. 나를 제대로
보고 있었다. 시력은 아버지가 더 좋을 텐데 이시나가가 나를
더 잘 아는 것 같았다.

그래서 나는 이시나가에게 내 희망을 말해도 괜찮겠다고
판단했다.

"에노덴을 타면 유이가하마역에 내려서 해변에 도착할 때
까지 나한테 맡겨주지 않을래?"

"다른 사람한테 길을 묻지 말라는 거야?"

"묻는 건 싫지 않아. 네가 물어봐줘서 도움도 됐고. 그래
도 이제부터는 내가 해보고 싶어. 후학을 위해서. 길을 헤매
면 내가 물어볼게."

"알았어."

에노덴은 JR 역사와 붙어 있어서 타기 쉬웠다. 3분 뒤 유
이가하마역에 도착했다. 역 주변에 점자 블록이 있긴 했는데
가는 방향까지 알려주지는 않았다. 익숙한 곳이라면 효과적
이지만 처음 온 곳에서는 사용하기 어렵다는 걸 다시금 느꼈
다. 효과적이지 않다는 걸 내 몸으로 이해하는 것도 후학에

도움이 된다.

나는 역무원에게 직접 말을 걸어 해변으로 가는 방향을 물었다. 이시나가는 약속대로 아무 말도 하지 않았다. 역무원이 알려준 길에 점자 블록이 있었고 블록이 끊길 무렵 바다 냄새가 나서 방향을 파악했다.

이시나가는 내 오른팔을 살짝 붙잡고 따라왔다. 내가 머뭇거리며 멈추면 "이쪽인가?"나 "이대로 가면 되는 것 같아"라고 말하긴 했지만 다른 사람에게 물어보지는 않았다. 바다 냄새가 점점 강해졌다. 마음이 든든해지는 유도신호였다.

마침내 해변에 도착했다. 모래 해변이다.

발로 알았다. 멀리뛰기를 하고 착지하는 모래사장과 비슷한 감촉이었다. 하지만 그런 모래가 저 멀리까지 쭉 이어진다고 상상하는 데는 조금 시간이 걸렸다. 점점 걷기 힘들어졌다. 다리가 푹푹 빠졌다. 운동화에 모래가 들어갔다. 소리가 났다. 파도 소리다.

이시나가는 말이 없었다.

내 팔을 놓고 혼자 성큼성큼 걸어갔다. 보이는 걸까? 바다가.

나는 운동화와 양말을 벗었다. 훨씬 걷기 편했다. 그렇지만 여기는 신발장이 없다. 모래사장에 두면 영원히 발견하지 못할 것 같아서 양말을 바지 주머니에 넣고 지팡이를 들지 않은 손으로 운동화를 들었다.

덥지 않고 오히려 쌀쌀했다. 바닷바람 때문인가 보다.

철썩, 철썩, 파도 소리가 들렸다. 바다를 보러 왔다. 아니, 나는 보이지 않는다. 돌에게 바다를 보여주려고 왔다. 그리고 해냈다. 나는 차곡차곡 차오르는 해냈다는 기쁨을 만끽했다.

한참 걷는데 머리카락이 느껴졌다. 이시나가가 멈춰 섰나 보다. 머리카락이 긴 것 같다. 바람 때문에 뒤로 흩날려서 내 뺨에 닿았다.

이시나가는 서 있었다. 내가 따라온 것을 알았는지 "안 보여"라고 말했다.

"더 가까이 가면 보이지 않을까?"

"응, 더 가까이 가볼래."

"나는 신발을 벗었어."

"나도 벗어야지."

이시나가는 한동안 꾸물거리더니 다시 걷기 시작했다.

"걷기 편하고 기분이 좋다."

"손에 들고 있어야 해서 불편하지만."

"손?"

이시나가는 모래 위에 신발을 두고 온 모양이었다.

"괜찮아."

나는 이시나가를 안심시켰다.

"똑바로 갔다가 똑바로 돌아오면 되니까."

말은 이렇게 했지만 사실 조금 불안했다.

"같이 찾으면 돼. 그보다 바다는. 안 보여?"

바다를 보러 왔다. 보이지 않으면 곤란하다.

"안 보여."

"조금 더 가볼까."

이시나가가 앞으로 더 나아갔다. 나는 그녀 옆에 섰다. 발 아래의 모래가 점점 습기를 머금고 단단해져서 걷기 편했다.

"어!"

"앗!"

갑자기 다리에 파도가 느껴졌다. 그것은 우르르 와서 우리 다리를 지나치더니 또 우르르 돌아갔다. 그러자 발 아래의 모래가 무너졌다. 파도가 얕아서 복사뼈 부근을 적셨다. 나는 발 아래가 무너지는 감각이 재미있어서 반했다. 파도는 왔다가 또 물러갔다. 그때마다 발 아래의 모래를 잊지 않고 가져갔다. 간지러웠다. 한 번 더, 한 번 더 느꼈다.

"안 보여."

이시나가가 다시 말했다.

"더 가까이 가보자."

나는 지팡이를 옆구리에 끼고 빈손으로 이시나가의 팔을 잡았다. 팔이 예상 밖으로 가늘었다. 망설이는 이시나가를 데리고 더 나아가려고 했다. 그때였다.

"너희! 거기 멈춰!"

뒤에서 여성의 목소리가 들렸다. 아줌마와 할머니 사이쯤 되는 여성의 목소리였다. 혼내는 말투. 뭔지는 모르겠지만 우리가 좋지 않은 짓을 했나 보다. 얼른 걸음을 멈췄다.

"이리로 돌아와!"

여성이 고래고래 소리를 질렀다.

"빨리! 이쪽으로!"

예삿일이 아닌 것 같아서 우리는 서둘러 마른 모래 위로 돌아왔다.

여성은 이 근처에 사는 사람이었다. 우리가 바다를 보러 도쿄에서 왔다고 하자 "어머, 동반 자살 하려는 줄 알았네"라며 깔깔 웃었다.

"바다는 개장했는데 아직 추워서 해수욕을 못 하니 사람이 거의 안 오거든."

아하, 추워서 인기척이 없었구나.

이시나가는 염원하던 바다에 온 이후로 말수가 적어졌다.

보일 줄 알았는데 보이지 않으니 우울해하는 것도 이해한다.

"우리 집은 바로 저기야."

수다 떨기 좋아하는 아줌마였다.

"마당에 귤나무가 있어서 겨울이면 새콤한 귤이 잔뜩 열린단다. 시중에 파는 귤은 다 단데 귤은 원래 새콤해야 해. 너희 겨울에도 또 오렴. 귤 줄게."

"감사합니다."

이시나가가 말이 없어서 내가 대신 답했다.

아줌마가 떠나려는데 그제야 이시나가가 입을 열었다.

"저기, 지금 바다는 어떤 색인가요?"

아줌마가 돌아왔다. 바로 대답하지 않았다. 나는 뺨에 닿는 감촉으로 해가 내리쬐지 않는 것을 알았다. 구름이 두꺼운 모양이다. 그렇다면 바다도 회색일지 모른다. 거짓말이라도 좋으니 파랗다고 말해주길 바랐다.

아줌마는 마침내 할 말을 찾았는지 이렇게 말했다.

"아름다운 색이야."

그리고 아줌마는 가버렸다.

이후 우리는 이시나가의 신발을 찾느라 고생했다. 나는 양손을 쓰려고 운동화를 신었다. 발이 모래투성이여서 아무리 세게 털어도 모래를 다 떨구지 못했지만 그냥 양말과 운동화를 신고 무릎을 꿇은 채 기어다니며 이시나가의 신발을 찾았다. 이시나가는 내 지팡이로 모래를 찌르며 찾았다. 결국, 내가 찾았다. 여자의 신발은 참 자그마했다. 이시나가는 잃어버리지 않게 바로 신겠다고 했다. 모래 때문에 감촉이 별로였을 텐데 불평하지 않았다.

우리는 지쳐서 마른 모래 위에 앉았다. 곧 이시나가가 진지하게 물었다.

"아름다운 색이 어떤 색일까?"

나도 그 생각을 하고 있었다. 신발을 찾으며 계속.

"사람에 따라 색이 다르게 보일지도 몰라."

내가 대답했다.

"그래도 우리 앞에 있는 건 분명 아름다운 바다야."

나는 바다가 있는 쪽을 바라보며 말했다. 파도 소리가 가슴을 기분 좋게 울렸다.

이시나가도 아마 나처럼 바다를 바라보며 아름다운 색을 상상하고 있겠지. 우리는 한동안 바다의 색을 상상하며 파도 소리에 귀를 기울였다.

그때 불현듯 이시나가가 "내 얼굴, 만져볼래?" 하고 제안했다.

나는 깜짝 놀랐다. 사실 계속 만져보고 싶었다. 어떤 얼굴

인지 궁금했다. 그런데 손에 모래가 잔뜩 묻어서 됐다고 거절
했다.

"바다를 보여줬으니 고마움의 표시로 내 얼굴을 보여
줄게."

이시나가는 내 손을 찾아 자기 얼굴로 가져갔다. 내 손끝
이 두꺼운 렌즈에 닿았다. 이시나가는 안경을 벗었다. 내 손
바닥이 그녀의 이마, 뺨, 코를 만졌다. 모래가 들어가지 않도
록 이시나가는 눈을 감았다. 내 손바닥은 몹시 놀랐다.

"너, 이시나가 맞지?"

이시나가는 그렇다고 고개를 끄덕이더니 내 손을 난폭하
게 뿌리치며 "좀 더 친절하게 대할 걸 그랬다고 생각했지?"라
며 비꼬았다.

완전히 돌로 돌아왔지만 나는 이제 그 말투에 속지 않는
다. 손바닥에 이시나가의 얼굴이 완벽하게 새겨져 기억에서
사라질 것 같지 않았다.

공교롭게도 똑같았다. 예전부터 '가와이는 아마 이렇게
생기지 않았을까' 하고 짐작했던 얼굴과. 줄곧 동경하던 행
복의 피아니스트와 바다에 있다. 그렇게 착각할 정도로 똑같
았다.

"한 번 더 묻겠는데."

"이시나가 사유리라니까."

돌 같은 뾰족한 말이 돌아왔다. 나는 보기 좋게 속아 넘어간 것 같아서 마음이 술렁거렸다. 진정하려고 내가 입은 셔츠를 생각했다.

나는 오늘 가와이까지 셋이서 도서관에 가려고 기숙사를 나왔다. 그래서 제일 좋아하는 셔츠를 입었다. 행복의 피아니스트는 내 모습을 보지 못하지만 최대한 깔끔하게 입고 싶었다. 아버지가 생일에 사 준 남색 체크무늬 면 셔츠. 어떤 무늬인지 상상이 되진 않았지만 아버지가 잘 어울린다고 했다. 아버지는 옷차림에 신경을 쓰고 향수까지 뿌리는 사람이니 고급품을 사다 주었을 것이다. 피부에 닿는 감촉도 좋다. 문득 이 셔츠를 입길 잘했다는 생각이 들었다.

"이 바다, 《북쪽 바다》에 나오는 바다보다 멋있을까?"

이시나가 물었다.

"아마 다를걸. 그쪽은 **로맨틱**하지 않으니까."

나치고는 과감한 소리를 했다. 돌에게는 하기 꺼려지는 말이지만 가와이에게라면 할 수 있다.

"팸플릿에서 본 것과 똑같은 바다겠지?"

이시나가는 어린아이처럼 말했다. 잠시 후 크게 한숨을 내쉬는 소리가 들렸다. 그녀가 앞으로 닥칠 어둠에 잘 적응하리라는 예감이 들었다.

바람이 쌀쌀해져서 우리는 돌아가야 한다는 것을 떠올렸다.

이시나가는 돌아가는 중에도 돌을 던지듯이 말해서 어쨌든 '가와이가 아니야, 이시나가네'라고 생각할 수 있었다.

중간까지는 아주 편하게 올 수 있었다. 사람들에게 묻는 것도, 인파에 휩쓸리는 것도 익숙해졌다. 그런데 유라쿠초선 이케부쿠로역 개찰구 앞에서 역무원이 우리를 제지했다. 조금 전에 인명 사고가 나서 전철이 한동안 움직이지 않는다고 말했다. 안내 방송도 같은 소리를 했다. 우리가 내리려는 역에서 사고가 생겼다고 했다.

"몇 시쯤 다시 운행할까요?"

"지금 5시 30분이니까 한 시간은 걸릴 겁니다."

통금 전에 들어갈 수 있을지 애매한 상황이 되었다.

우리는 배가 고파서 카레라이스를 먹기로 했다. 지하상가에 카레 가게가 있다고 내 코가 알려주었다. 이제 후학을 위해 내가 하겠다는 여유는 사라져서 지나가는 사람에게 물어 가게를 찾고, 점원에게 자리 안내를 부탁하고 메뉴를 읽어달라고 해서 무엇을 먹을지 결정했다. 가게 안에 공중전화가 있다는 말에 나는 카레가 나오기 전에 학교에 전화를 걸었다.

전화번호도 공중전화의 숫자 위치도 기억하고 있어서 간단히 할 수 있었다. 그런데 하필 통화 중이어서 일단 자리로 돌아왔다.

카레라이스가 벌써 탁자에 놓여 있었다.

카레는 그릇에 따로 담겨 있었다. 나는 왼손으로 밥 위치를 찾아 신중히 카레를 뿌렸다. 그리고 카레와 밥을 고루고루 섞었다. 이시나가는 가까운 거리는 희미하게나마 보이고 숟가락 소리로도 알았는지 "특이하게 먹는다"라고 말했다.

"이렇게 하면 밥만 잔뜩 남을 걱정이 없거든."

나는 자랑스럽게 말했다.

니시노와 함께 고안해낸 가장 효과적인 방법이었다. 그러자 이시나가는 황당하다는 듯이 "남으면 남기면 되잖아"라고 말했다.

조금 놀랐다. 남으면 남기면 된다니. 그런 식으로 생각한 적은 없었다.

나는 다 먹었는데 이시나가는 여전히 먹고 있어서 "학교에 한 번 더 전화하고 올게"라고 말했다. 이시나가는 "통금 같은 거 어겨도 되잖아" 하고 약간 짜증스럽게 말했다. 여자들은 혼자 밥을 먹는 것이 고통스럽나 보다. 학생 식당에서도 여학생들은 사이좋게 모여서 밥을 먹었다. 나는 이시나가가 밥을 다 먹을 때까지 자리에 있기로 약속했다.

"통금 시간을 걱정하는 게 아니야."

내가 변명했다.

"학교 근처 역에서 인명 사고가 났다잖아. 야나기하라 선생님이 걱정할 거야. 선생님은 우리가 승강장에서 떨어질까 봐 항상 걱정하거든. 그러니 우리는 무사하고 승강장에서 떨어진 건 우리가 아니라고 알려야 해."

"아, 그렇구나. 그럼 다녀와도 돼."

이시나가도 이해해주었다.

허락을 받아 나는 다시 전화를 걸려고 갔지만 여전히 통화 중이었다. 카레 가게를 나와 개찰구로 돌아가자 예정보다 일찍 전철이 운행을 시작했다.

나는 아마 총리대신은 되지 못할 것이다.

승강장에서 떨어진 사람이 야나기하라 선생님이었다니. 현실은 내 상상을 벗어났다.

그날, 우리는 무사히 학교에 돌아왔다. 니시노의 열도 무사히 내렸다. 그러나 야나기하라 선생님은 무사하지 못했다. 그로부터 사흘간 학교는 소란스러웠다.

야나기하라 선생님은 일을 마치고 집에 가기 위해 역 승강장에 서 있었다. 그때 지팡이를 짚은 할머니가 비틀거리다가 선로에 떨어졌다. 선생님은 할머니를 구하려고 승강장에서 뛰어내렸다. 할머니는 살았다고 했다.

야나기하라 선생님은 사고를 당하기 30분 전에 기숙사 아주머니와 대화를 나눴다. 우리가 통금 전까지는 돌아올 테니 식사를 남겨달라고 부탁했다고 한다.

뉴스에서 선생님은 영웅이 되었다. 영웅이 된 선생님은 마치 다른 세계의 사람처럼 여겨졌다.

나는 야나기하라 선생님에게 배신당한 기분이었다. 만약 내가 승강장에서 떨어지면 선생님이 반드시 구해주리라는 건 증명되었다. 하지만 선생님이 사라진 이 세상에서는 이제 마음 편히 승강장에서 떨어지지 못한다. 일반 수험도 선생님이 그렇게 권해서 치르기로 했는데. 물론 결정은 내가 했지만 말을 꺼낸 사람은 선생님이었다.

다른 선생님들이 반을 대표해서 장례식에 참석하라고 했지만 나는 가고 싶지 않았다. 반장이라 어쩔 수 없이 참석했다. 학교에서 소형 버스가 떠났다. 꼭 가고 싶다는 여학생들도 같이 갔다. 이시나가는 참석하지 않았다.

여학생들은 훌쩍훌쩍 울었지만 나는 울지 않았다. 기자들이 잔뜩 와서 울고 있는 여학생들에게 마이크를 들이댔다. 통

명스럽게 있는 내게 말을 거는 사람은 없었다.

야나기하라 선생님의 아버지는 마이크를 들고 조문객 앞에서 떨리는 목소리로 "정의감이 강한 아이였습니다. 자랑스럽습니다"라고 말했다. 그 옆에서 누군가가 "불효자식이야"라고 분노에 찬 목소리로 중얼거렸다. 그 소리가 마이크를 통해 모두에게 들렸다. 여성의 목소리였다. 아버지는 "조문객들 앞에서 그만두지 못해?"라고 주의를 주었다. 아마도 어머니였으리라.

나는 굳이 말하자면 어머니와 비슷한 기분이었다.

선생님은 좋은 사람이었지만 죽어버린 것은 돌이킬 수 없는 실패였다.

어린 시절의 그 사고로 만약 내가 목숨을 잃었다면 아버지와 엄마는 어떻게 됐을까?

종업식을 마쳐서 내일부터 여름방학이지만 나는 도서실에서 공부 중이었다.

중간에 니시노가 와서 "엄마가 데리러 오셨어" 하고 말했다. "너도 같이 가자고 하시는데."

"고마워. 나도 가고 싶지만 수험 공부를 해야 해서."

"그렇지. 총리, 우리의 미래를 위해서 힘내."

니시노는 비타민이 뇌에 좋다면서 집에서 키운 귤을 세 개 놓고 갔다. 침술사가 되어 고향에 개업해 농사에 지친 사람들의 몸을 치유하는 것이 니시노의 꿈이다. 나는 총리대신이 되지 못하더라도 니시노는 꿈을 이룰 것이다.

이시나가도 왔다. 나가노에서 가족이 데리러 왔다고 했다. "기숙사에 남아서 공부한다며. 혼자 괜찮겠어?"라고 물어서 "혼자가 편해"라고 대답했다. 이시나가는 그날 이후로 내게 돌을 던지지 않았다. 내게 여유가 없다는 것을 알고 있기 때문이다.

"그럼 다음 학기에 봐"라고 해서 "응" 하고 답했다.

그로부터 몇 시간이나 흘렀을까, 갑자기 피아노 소리가 들렸다.

가와이, 아직 학교에 있나? 귤과 참고서를 그대로 두고 희미하게 들리는 소리에 이끌려 신교사로 향했다. 피아노 소리가 점점 커졌다. 이런 날까지 연습이라니. 아직 집에서 데리러 오지 않은 걸까?

음악실 앞에 서서 귀를 기울이는데 연주가 이어지는데도 문이 열리고 안에서 사람이 나와 가볍게 부딪혔다.

"아이고, 미안해라. 다치지 않았니?"

교토식 억양이었다. 닿은 감촉으로 미루어 보아 뚱뚱한

아줌마였다.

"괜찮아요."

내가 대답하자 피아노 소리가 멈췄다.

"엄마, 왜 그래?"

음악실 안에서 느릿느릿한 목소리가 들렸다.

"미야코, 친구가 왔네."

가와이의 어머니로 짐작되는 여성은 무책임한 소리를 하더니 교무실로 가는지 발소리가 점점 멀어졌다.

"누구야?"

이 목소리, 가와이다. 미야코가 이름이니 당연히 가와이다.

또렷하게 들리는 굵은 목소리. 내 상상과는 달랐다. 도망치는 것도 이상해서 음악실로 들어가 어색하게나마 "보통과의 기리시마야" 하고 이름을 댔다.

"어? 기리시마?"

뜻밖에도 반기는 목소리가 돌아왔다.

나를 알고 있나 보다.

"보통과 반장이지? 공부도 잘하고 달리기도 잘하고 얼굴도 잘생겼다고 음악과 여자애들 중에도 팬이 있어."

평판이 나쁘지 않아 다행이었지만 본인 앞에서 수다 떨기 좋아하는 아줌마처럼 대놓고 얼굴이 잘생겼다는 소리를 하다니. 이미지와 달랐다. 내가 가와이의 피아노에서 떠올린 건 이시나가의 얼굴이었다. 마르고 섬세한.

"나랑 같이 방을 쓰는 이시나가도 너보고 다정하다고 했어."

그야 그렇게 친절하게 대했으니 당연하다.

"나한테 용건이 있니?"

"아니, 지나가는 길이었어. 피아노 소리가 들려서."

"들어준 거야? 와, 기쁘다."

교토 억양이 섞인 가와이의 말투를 들으니 왠지 안심이 되었다. 이미지와는 다르지만 느낌이 아주 좋고 시원시원한 사람이었다. 돌을 던지지 않는 좋은 사람이다. 나는 오랜만에 마음이 편해졌다. 그래서 아까부터 궁금했던 것을 물었다.

"이 방, 좋은 냄새가 난다."

"아, 맞다!"

가와이는 일어나서 종이봉투 같은 것을 바스락대더니 곧 내게 다가와 "손 좀 내밀어볼래?"라고 말했다.

내가 오른손을 내밀자 가와이는 내 손을 찾아서 "이거 가 져" 하고 얇은 종이로 싼 네모지고 딱딱한 것을 하나 올려주 었다. 얼굴에 가까이 대자 좋은 향이 코를 찔렀다.

"비누야?"

"별거 아니지만 받아줘."

"이게 뭔데?"

"나, 피아노를 쳐서 손을 잘 관리해야 하거든. 점자도 읽으니 손가락은 우리한테 눈 같은 거잖아. 엄마가 기숙사에 있는 액체형 비누는 너무 독하다고 주셨어."

"내가 받아도 돼?"

"맨날 잔뜩 가져오시거든. 어차피 다 못 써. 애들한테 자주 나눠 줘."

행복의 피아니스트에게 비누를 받다니. 왠지 모르게 재미있어서 웃었다. 이런 유쾌한 기분, 얼마만이더라? 살다 보면 무슨 일이 생길지 모른다.

"지금 연주한 곡 말인데."

"슈만의 「어린이의 정경」이야. 이 곡, 어때?"

"좋은 곡 같아."

"그런데 잘 못 치겠어. 어려운 곡은 아닌데 어쩐지 감이 안 잡혀. 어린 시절의 정경을 그리워하는 어른의 곡이래. 좀 더 나이를 먹고 나서 치는 편이 나을지도 모르겠어. 총 열세 곡으로 구성되어 있는데 방금 치던 건 두 번째 곡이야. 나는 일곱 번째 곡인 「트로이메라이」가 좋아."

들어본 적 없는 곡명이다.

"조금 들어볼래?"

"얼마든지 들을게."

가와이가 웃었다(그런 것 같았다). 내게 의자에 앉으라고 권하고 연주를 시작했다.

나는 행복한 향이 나는 비누를 쥐고 가와이의 피아노를 들었다. 곡명을 알았으니 음표로 변환하지 않았다. 이렇게 가까이에서는 처음 듣는데, 역시 박력이 넘쳤다. 엄청난 행운이다. 확실히 조금 전의 곡보다 좋았다. 나도 이 곡이 더 마음에 들었다. 아마 평생 좋아할 것이다. 인상 깊은 멜로디였다. 느리고 차분하고. 그러면서도 가슴에 강하게 남는 그런 곡이었다. 행복한데 쓸쓸하고, 혼자가 아닌데 고독을 느낀다. 어린 시절의 정경을 그리워하는 어른의 감정은 이런 것일까?「트로이메라이」를 들으며 나는 문득 떠올렸다.

바람에 흔들리는 쪽빛 포렴, 유리 진열장에 놓인 색색의 화과자.

한 단 높이 올린 다다미 마루. 팥을 삶는 냄비. 자욱한 김. 하얀 떡. 화려한 식용 물감. 엄마의 하얀 옷.

화과자 장인들의 신발. 환하게 웃는 손님. 그리고 어항의 빨간 금붕어.

우리 집! 화과자 가게였던 내 집이다.

안쪽 다다미방. 장롱의 이불. 가게 봉당. 대 빗자루. 부엌.

팥을 삶는 냄새. 하얀 떡을 치는 소리. 아침 인사. 냄새와 소리까지 생생하게 떠올랐다.

내가 영상으로 떠올릴 수 있는 유일한 곳은 태어나고 자란 집이다.

그때 나는 생각했다.

집으로 돌아가자.

자연스럽게, 아주 솔직한 심정으로 생각했다.

어쩌면 나는 계속 돌아가고 싶었던 것 아닐까. "다녀왔어요"라고 말하고 싶었다.

드디어 내 진심을 발견했다.

아버지에게 집을 팔지 말라고 부탁해야지. 곰팡이가 생긴다고 하면 "제가 환기하면 돼요"라고 대답해야지. 그래, 제일 먼저 청소부터 하자. 내 집이니까.

「트로이메라이」를 들으며 나는 순식간에 어른이 되었다. 그리고 어린 시절의 정경을 또렷하게 떠올릴 수 있었다.

그러자 도쿄대도, 총리도, 졸업까지도 아무래도 좋아졌다.

돌아가면 어떻게든 된다. 내 발밑에 있는 것이 곧 구름판이니까.

자, 돌아가자. 내일. 아니야, 오늘 돌아가자.

내가 이대로 여기에서 사라져도 니시노는 아무렇지 않

을 것이다. 그 녀석과는 충분하고도 남을 만큼 같이 있었다. CD 보관은 다소 번거로워지겠지만 이제 스스로 알아서 할 시기다.

아버지는 조금 실망할지도 모르겠다.

이시나가는 괜찮다. 나 따위 코웃음을 치면서 잊어버릴 테니까.

그 모래 해변에서 이시나가는 바다를 봤다. 나는 바다는 아무래도 좋고 이시나가의 얼굴을 봤다. 이 손바닥으로 똑똑히 봤다.

그 얼굴은 지금 듣는 멜로디처럼 정말, 정말 아름다웠다.

　하루에 100엔이면 어떤 물건이든 맡아 보관하는 가게. 그런 가게가 우리 동네 어딘가에 실제로 있다면 나는 무엇을 맡길까? 다정한 문장을 읽다 보면 문득 이런 생각에 잠기게 하는 이 책은 《마음을 맡기는 보관가게》 그 두 번째 이야기다. 이 시리즈, 일본에서는 누적 판매량 40만 부를 돌파한 힐링 소설계 원조 베스트셀러라지 뭔가. 지금까지도 꾸준히 인기가 있는 덕분에 2022년 1월 13일에는 다섯 번째 이야기의 단행본이 출간되었다고 한다.

　이 책의 원제는 《보관가게ぁずかりやさん》로, 2편부터는 부제가 달려 있다. 이번 2편의 부제는 '기리시마의 청춘'이다. 부

제만 봐도 보관가게 주인인 기리시마를 좀 더 조명했다고 짐작할 수 있다. 기리시마는 자기 자리를 든든히 지키고 살아가는 성실한 사람이다. 단편마다 그때그때 나이가 바뀌지만 정확한 나이를 몰라도 어른다운 면모와 때 묻지 않은 아이 같은 면모를 동시에 지녔다. 그래서일까, 손을 내밀어 잡으려 하면 잡히지 않을 듯한 초연한 느낌이다. 2편에서 작가는 기리시마 특유의 이런 분위기 뒤에 어떤 과거가 있는지를 담담한 서술로 보여준다. 그렇다고 기리시마의 과거만 있는 것은 당연히 아니다. 기리시마와 고양이 사장님 외에 여러 물건의 이력, 또 그 물건을 통해 사람들의 좌절과 슬픔, 희망과 기쁨을 접할 수 있는 것이 이 시리즈의 특징이다.

첫 번째 이야기의 자전거나 유리 진열장 등에 이어 두 번째 이야기에도 여러 물건이 등장해 자신만이 간직한 이야기를 들려준다. 기리시마의 점자책을 든든히 받치는 좌식 책상, 자기 의지와 상관없이 도둑질 당한 파란 연필, 아름다운「트로이메라이」를 연주하는 오르골…. 물건들의 이야기는 곧 그들이 만나고 겪었던 사람들의 이야기다. 좌식 책상은 현실 도피에 여념이 없던 청년의 심정을 말하고, 기댈 곳 없던 불안정한 소녀들의 심정이 파란 연필을 매개로 오가고, 오르골은

긴 세월을 거치면서 만났던 사람들의 삶을 보여준다. 물건들은 많은 일을 겪은 끝에 보관가게에 모인다. 그들은 잠깐 이곳에 머물렀다가 떠나기도 하고, '팀 보관가게'에 합류해서 주인과 사장님을 지켜보며 여러모로 도와주기도 한다. 상점가 끄트머리를 고요히 지키는 가게인데 오가는 사람과 물건의 마음만 보면 분주한 가게 못지않게 북적거린다. 사람과 사람의 만남뿐 아니라 사람과 물건의 만남도 끈끈한 인연이다. 보관가게는 그 인연을 담아주는 곳이다.

그나저나 팀 보관가게의 면면을 살펴보면 마음이 든든하다. 주인과 사장님에게 위기 상황이 닥치면 저 물건들이 홀연히 일어나 도와줄지도 모른다는 망상도 해본다. 이 시시한 망상은 어느새 발전해 내 업무 파트너인 키보드나 노트북도 어쩌면 나를 든든히 받쳐줘야 한다는 사명감을 느낄지도 모른다는 상상에 이른다. 실없이 웃음이 난다. 나를 돕고 싶어서 안달이 난 물건들을 생각하면 흐뭇하고, 동시에 너저분한 책상을 보다 깔끔하게 정리해야겠다는 압박감도 든다. 물건의 소중함도 일깨우면서 청소하고 싶은 욕구도 자극하는 소설이라고 말하면 오버일까.

3편 이후 원서에 붙은 부제를 적어보면, 3편은 '그녀의 파랑새', 4편은 '환상의 볶음밥', 5편은 '하늘 가득한 별'이다. 번역을 맡은 나도 아직 3편 이후를 읽지 못해서 과연 어떤 물건들이 자신만의 이야기를 들려줄지 궁금하다. 그 따스한 이야기를 많은 분들에게 보여드리고 싶다.

이소담

지은이

오야마 준코大山 淳子

남다른 시선과 감각적인 서술로 일상을 어루만지는 일본의 소설가이자 드라마 시나리오 작가. 1961년 도쿄에서 태어나 와세다대학교 교육학부 국어국문학과를 졸업했다. 10년간 전업주부 생활을 하다 43세에 시나리오 학교에 입학해 2006년 《초승달 밤 이야기三日月夜話》로 제32회 기도상 입선, 2008년 《밤샘하는 여자通夜女》로 제12회 하코다테항 일루미네이션 영화제 시나리오 대상 그랑프리 등을 수상하지만 '무명이라서 일을 줄 수 없다'는 말에 시나리오의 원작이 되는 소설을 쓰기로 결심한다. 1년 동안 열 편의 장편소설을 완성하는 노력 끝에 2011년, 《고양이 변호사》로 제3회 TBS·고단샤 드라마 원작 대상을 받으면서 본격적인 집필 활동을 시작했다.

《마음을 맡기는 보관가게2》는 복간과 동시에 놀라운 파급력으로 전 서점 베스트셀러에 오르며 변치 않는 명작의 저력을 보여준 《마음을 맡기는 보관가게》 그 두 번째 이야기다. 2권에서도 작가는 모두의 예상을 보란 듯이 뒤엎으며 동서고금을 넘나드는 다채로운 글쓰기로 소중한 물건들에 얽힌 깊고 애틋한 사연을 펼쳐놓는다.

작가의 또 다른 주요 작품으로는 《고양이 변호사》 시리즈, 《고양이는 안는 것》, 《빨간 구두赤い靴》, 《이이요 군의 결혼 생활イーヨくんの結婚生活》, 《눈 고양이雪猫》 등이 있다.

옮긴이

이소담

동국대학교에서 철학을 공부하다가 일본어의 매력에 빠졌다. 읽는 사람에게 행복을 주는 책을 우리말로 아름답게 옮기는 것이 꿈이자 목표다. 지은 책으로 《그깟 '덕질'이 우리를 살게 할 거야》가 있고, 옮긴 책으로 《소녀 동지여 적을 쏴라》, 《내 오래된 강아지에게》, 《50세에 떠나는 기분 좋은 혼자 여행》, 《밤하늘에 별을 뿌리다》, 《빵과 수프, 고양이와 함께하기 좋은 날》, 《십 년 가게》 등이 있다.

마음을 맡기는 보관가게 2

초판 1쇄 인쇄 2024년 7월 9일
초판 1쇄 발행 2024년 7월 17일

지은이   오야마 준코
옮긴이   이소담

책임편집   오윤나
디자인   형태와내용사이
책임마케팅   김서연, 김예진, 김소희, 김찬빈, 박상은, 이서윤, 최혜연, 노진현, 최지현
마케팅   유인철
경영지원   백선희, 권영환, 이기경
제작   제이오

펴낸이   서현동
펴낸곳   ㈜오픈하우스
출판등록   2024년 5월 16일 제2024-000141호
주소   서울시 강남구 테헤란로 419, 11층(삼성동, 강남파이낸스플라자)
이메일   info@ofh.co.kr

ⓒ 오야마 준코

ISBN 979-11-988099-6-4 (03830)

모모는 ㈜오픈하우스의 출판브랜드입니다.